U0863032

2020 · 2

Chinese Poetry

Chinese 汉诗 Poetry

降福孔皆

主编　张执浩

长江出版传媒
长江文艺出版社

目录

contents

开卷诗人

004 赵志明 作品

026 里所 作品

诗选本

44 47 53 60 许剑 曾冰 马萧萧 何不度

66 72 76 83 小西 周鱼 安连权 腾云

90 97 103 108 李伟 王威洋 庄凌 任白

114 119 126 134 施施然 许敏 衣米一 周平林

137 145 151 156 李浩 卢圣虎 谢山 徐辉

166 171 181 187 张敏华 鲁海兵 张晚禾 杨角

192 200 210 215 朱庆和 周瑟瑟 赵俊鹏 张捷

221 228 236 242 离离 游以飘 李郁葱 田字格

250 梁枫

诗歌地理

257 韩少君 作品选

269 刘波 陌生化诗歌写作的内在动力

275 李黎 作品选

287 茱萸 直爽之诗与哀矜之诗

杨碧薇专栏

292 朝向一种大文化观的批评努力

开卷诗人

Open Page

004 赵志明 作品
026 里所 作品

赵志明 作品

推荐语

赵志明的诗纯正，大气，善于在日常中捕捉人世间不易察觉的冲突和转折。这体现了一个优秀诗人的良好素质——如何厘清语言和世界的关系，是考量诗人的重要指标。“你的父亲死去多少年了？”这或许是一个残忍的问题，但正是赵志明有别于其他诗人的地方，他试图在诗中找到那个尚未固化的“我”，试图从僵化的系统中突围出去，重新抵达“诗”，仿佛一语成谶，赵志明说“在梦里面我就是一个惊呆的孩子”，他和他的诗做到了，而且做得非常好。

（小引）

作为身兼小说家和诗人双重身份的赵志明，在他的写作中很好地融合了这双重身份的优点：在敏锐理性的观察中保留着感性细腻的触觉。他将自己对身边事物及日常场景独到细致的观察通过冷静克制的处理，以一种日常说话的方式叙述出来，不仅触动读者而且极具画面感，这是长期自觉的文字训练和语言天赋的结合。有耐心的读者，不难通过他克制的叙述方式，细细揣摩到其中隐藏着的汹涌情感。

（艾先）

赵志明是优秀的小说家，同时还是一位异常优秀的诗人。阅读赵志明的诗，很容易找到他的诗歌写作谱系，但吸引我的正是他不经意中流露的这种谦卑，敢于无羁地彰显自我传承痕迹的地方。他的诗歌最可贵之处，就在于放大了他心目中纯正诗歌的耀眼之光，那些波光闪烁的语言回应着他曾经的和正在经受的生活，既朴实，又机巧，在貌似老成中鼓荡着青春的莽撞之气。在从南京到北京的辗转过程中，所幸他身上既没有“金陵气息”，也没有“北平气息”，有的只是横贯在他生命中的那条大河的气息。它们扑面而来，裹挟着这个时代的气味和响声。

（张执浩）

简单的算术题

从前有一户人家，三口人：
父亲，母亲和孩子。
（1+1+1=3）
过了几年，父亲去世，
就只剩下母亲和孩子，两口人。
（3-1=2）

母亲想记住丈夫，
孩子想记住父亲；
为了给自己提个醒，
他们想出了一个方法。
（38=34；38=11）

每一年，他们都要互相提问。
先是母亲问孩子，
你的父亲死去多少年了？
孩子就开始计算：
12-11=1
然后是孩子问母亲，
然后是母亲做算术题。

每一年都这样，重复
数字在改变
死者是参照物
孩子在长大，而母亲在苍老。
做算术题，流泪。
有时候也换一下形式，
是问父亲哪一年走的，
这个问题比较复杂，
其实是两道算术题。
（14岁=1997年，14-11=3，1997-3=1994）

可是我们不知道世界有什么变化，
他们在他们封闭的世界里做算术题，
有没有从减法做到加法？
世界维持1994年的老样子：
父亲死掉，母亲和孩子也死掉。
（3-1=0）

高高的堤岸

是送葬的人群行走在高高的河堤。
是一个孤独的孩子，
虽然走出了送葬者的行列，
但心里依然为死者抽噎悲戚，
逝者如斯夫，是父亲，
而不是这条河流，
这条河流作为刽子手，
部分收留了死者，部分象征了死者，
他的音容笑貌，有时出现在
河水的层层柔波里，
宛如梦里那些急遽翻飞的树叶。

十七年，我喝着这条河流的水长大，
十七年，经过我的唇齿胃、消化排泄，
河流死亡的气息不减。
在高高的河堤，我接受成长的风吹，
变形再变形，以至于我的母亲，
在我的身上再找不出父亲丝毫的印记。
我的父亲无法见证我的成长，
但他没有放弃作为父亲的影响，
多少次我朝河流弯下身子，
在掬起的一捧水里，
是什么脸一闪而过。

美味汤

一些肉切碎
一些小蘑菇切得更小
一些豆腐切成小豆腐
一些青菜叶子是完整的
肯定还有一些什么
是我不知道的
被母亲悄悄加在汤里
她看着我喝，笑
吃完了母亲收拾桌子
也肯定有一些什么
是我不知道的
被母亲悄悄从桌上抹掉
整十年过去了
生活没有变得更好
也没有变得更糟
母亲的美味汤却再没有喝过

龙卷风

让我说说龙卷风吧
那个晚上风雨交加
断电，黑，还有怕
龙卷风越来越近
哪里也不安全
房屋随时会拔地而起
母亲摸黑往灶膛塞一把稻草
安慰她的几个孩子
当烟囱冒出烟火
龙卷风就会改道
放过下面生活着的人家
一整个夜晚，风雨交加
断电，黑，烟囱吐烟

龙卷风是一条逐渐平息暴怒的龙
手搭脑门在老高的天空
四处察看民间求生的烟火
疲于改道
被一个孩子的眼睛渴望

姐姐

他们说我要做舅舅了
我眼巴巴盼着
他们告诉我傻子鱼催奶
我就一个个码头地钓
亲朋好友来看你
拎着伞子、红糖、鸡蛋
和老母鸡
你脸色苍白
好几次我看到你偷偷哭泣
姐姐，你的眼泪水
让我明白了一些事体
我要用弹弓打瞎
那个欺负你的男人的眼睛
我要好好爱女孩
不让她受半点委屈
可是这些都不能
让你快乐和幸福起来啊
姐姐

街景

一个儿女都好条件
的孤老太
夜里喝农药水寻短见了
为了什么，为了什么

这是两个进城的乡妇
交流的话题
她们坐在大街边上
绿化树的阴影中

用草帽扇风
想不明白这么好的日子
怎么还有人愿意寻死

当阴影不再覆盖她们
她们收拾话题戴上草帽
走在滚烫的柏油马路上

桑葚

桑林翠绿一片
桑葚乌黑，藏身其间。
吃了桑葚的人，一眼就能分辨，
嘴唇到牙齿，全被汁液涂染。
但有的人并没有吃过桑葚，
只是揉碎桑葚涂了个满脸花，
还到处炫耀，他吃的桑葚最多。

桑林翠绿一片
桑葚乌黑，藏身其间。

凉亭

她们喜欢坐在凉亭里
打发时光
一个上午
一个下午

有时候很晚了
还能看到她们
凉亭暗影里的身影
大多时候不说话
就这样干坐着
发呆的发呆打盹的打盹
最后连带着凉亭
也深陷到时间的里面

三棵桃树

有三棵桃树，扎根在土里
不结果子白长叶子白开花
这样要经过三年
到了第四个年头
扎根在土里的三棵桃树
也长叶子也开花也结果子
叶子要少长
风不要吹落花
手指头不要乱点小青桃
三棵桃树站成三角形
你们要拼命结果子
去取悦把你们种下的老人
把你们当成一种经济来源的老人
你们要感恩并且心存怜悯
不要在她离世之前就枯萎
请为她抽青发芽，开花结果

窗口

一切原封未动
锁不复打开
窗户蒙上灰尘

一个老古怪
耳朵聋了
不愿意说话
死了那么久
好像还活着
静悄悄的
不让人打搅
也不打搅别人
阳光定时透过窗户
风和声音被挡在外头
一个乡下老人的博物馆
坟墓之前的坟墓
生活过的痕迹滞留
儿女们不再光顾
她背对窗口坐着
迟迟不愿转过头来

沿着一条河走

沿着一条河走，
沿着一个出事的地点走，
沿着尖只河，沿着马公河，
沿着众多缤纷交叉的河道，
所有有名的或者野河，
不外乎是人工河，
是用手抠出来的，
是用膝顶出来的，
是用身体钻出来的，
有时候会迷路，
但总是能摸得出去，
水往东流，水往低处流，
这样就到了太湖，
这样就到了长江，
再到黄浦江，就进海了，

海水是咸的。

三月

一直在看许诺的帖子
有一篇真还提到了我
名字记不得了
说是春节过后第一天到单位来
因为是新年第一次见小平
所以特意挑了件红色的外套
现在都已是三月
就算等到天气回寒
许诺会不会再穿那件红外套?

距离

两人在房里玩斗鸡眼
你的一根手指
悬在半空中
我感觉两眼珠子的移动
到不能移动
是最近的距离了
相互仍看不见
那隔在中间的
到底是什么

沉默

你看,
隔着桌子的两个人,
是厌倦了说话的两个人,
沉默从他们的眼里流出来,

也从他们心里流出来，
流得满桌子都是，
慢慢上涨。

隔着桌子的那两个人，
手掌和肩肘
把身体撑成了河岸，
沉默被圈成了河。

厚黑如黏土，
他们吃力地微笑，
既不说我爱，
也不说我操。

无妄之望

在现实中我刻意保持无知和清醒
在梦里面我就是一个惊呆的孩子
看着世界容易改变并且重点突出
我从来不记下什么虽然我有纸和笔
还有记忆还有你

哭泣的时候我的左眼和右眼相对
孤寂的时候我的两只耳朵互相聆听
世界是一个偏瘫患者
吃力地放弃他的一半身体
但不是因为你

甚至和你相爱，把你抱在怀里
我也不是很强烈地感觉到你
仿佛只是和自己在嬉戏
我说过我更愿意像一个孩子
除了你嘴里的风声我什么也不想听

敬酒歌

向美人敬上第一杯酒
我这是酒后吐真言
借酒胆表达我的仰慕之心
我多想和你亲近
这杯酒我们怎么说？

向美人敬上第二杯酒
我这是酒后起色心
借迷离表达我的蠢蠢之念
我想和你多亲近
这杯酒我们一口干了吧！

向美人敬上第三杯酒
颓废的念头阻挡不住呵
我没有江山只爱美人
我先干为敬
你看着办吧

转折

从窗口跌落的阳光陡然增亮
一只蠕虫吓了一跳
开始沿墙根直线狂奔
如果我一动不动
它很快就能爬出我的视域
除非我能上升到宇宙的高度
试问这又怎么可能
后来它又原路返回
回到受惊的地方
从窗口跌落的阳光开始变模糊
蠕虫终于穿过阳光回家

行乞者

局部的脑部偏瘫
或者典型的歪脖子病
卸下手臂如我们是塑料玩具
卸下我们身体任意的一部分
将我们内部的器官掏出体外
将我们的双足盘上我们的头
身体焊接在装有小轮的木板上
然后用手臂点地在大街游荡
让我们裸露的身体被空气划伤
脸上流露出无辜者无厌的表情
眼睛射出的光线肆无忌惮地交媾
嘴里吐出恶臭的浊气弥漫成雾
这个城市滋生我们又被我们占领
我们不烧杀抢掠
我们痛快地扮演行乞者
时刻濒临死亡却总是不死

雨声

西米告诉我
成都又下雨了
一晚竟然来两次！
（什么来两次？）
我想到第一次
通电话的那个晚上
成都也下雨
她让我听到了
成都的雨声
和她自己的声音
也是两次

雨下在一小圈水面

雨下在一小圈水面，
当雨点在水面开花，
整个画面突然凝固，
不再延及更大的水域，
与过去将来一刀两断，
所以水面开花且平静。

午夜的平静带有某种虚假的表情

不知道是深夜几点
我醒来下床
走过客厅
进入卫生间
站着小便的同时打着哈欠
夜晚的平静带有某种虚假的表情
风从窗户进来
一些水滴落向地面
声音反弹进我的耳朵
又在我的耳朵里消失

午后一个点

陷身于快也陷身于慢
陷身于光也陷身于暗
我是这样一个点
圆周和圆心重合
快的时候拉出一条虚线
慢的时候仿佛虚线上的一点
在光里面是一颗星星
在暗里面是同样一颗星星
我就是这样一个点

圆周和圆心重合
对于庞大的世界我毫不起眼
被你看见我就涨满你的眼球

致飞翔的人

那个飞翔过的人
被一群渴望飞翔的人包围
矢口否认曾经的辉煌经历
他只是被风连根拔起
在空中他感到害怕
唯一的念头就是站回地面
那群人说什么也不相信
眼看要急起来
飞翔过的人难免要被
众人的脚轮番践踏
这时候一阵风呼的一下过来
所有人被卷到空中
不止衣袖管
身体里也注满了风
这风可真是大啊

一声巨响

一声巨响
我跑出去看
地上花瓶的碎片
一跃而起
在桌上恢复原状
不见半点破绽

也是在回忆往事
一声巨响

所有的结局都朝后退
生活有了重新开始的机会
但我已是惊弓之鸟
我不想在一声巨响之后
再来一声巨响

后者像是前者的回声

吃苹果的男人

吃苹果的男人不止一个
五个吃苹果的男人
排队和我擦肩而过
他们都是左手拿着苹果
削了皮的苹果
散发出苹果的味道
最后一个人
也就是第五个人
右手握着一把刀
其他四个人右手都是空着的
他们走过去了
我才注意到这一区别
想来正是这把刀
削去了五个苹果的皮

割稻子的人总是弯腰驼背

——给曹寇

他们摸黑早起磨刀
在院子里在一碗水中在
微弱的星星下

他们悄声细语
夹着镰刀去地里
露水仍在生成
湿了他们的衣鞋
成把的稻子被割下
齐刷刷放在一边
割稻子的人总是弯腰驼背
像吃水很深的船只剖开水面
沉默的铁犁翻垦泥土
此时光还不够强烈
能看到下镰的地方
却晃不出实物的影子
稻子们纷纷倒下
倒在它们成为影子的地方
新铺上的一层露水
被明亮起来的光照干

大鱼

它浮在水面气息微弱
背部溃烂的伤口发白
生命正是从此处泄露
对此它无暇顾及
也不以为然
不再害怕阳光
不追逐食物
也不躲避被追逐的下场
一条垂死的大鱼
有一双垂死的人类的眼睛
慢慢涣散

他那么大
既是儿子同时也是父亲
悬挂在空空的水面上

孤独地散发死亡的气息
早晨有毒的露水让他疼
那是最后的疼痛感
他忍受
并享受着
轻微划动尾巴
飘在他垂死的途中

不能设想这么一条大鱼
在水里面的生活
他潜藏在水的深处
轻易不现身
好像秘密
深深搅浑了河水
河水不安，充实
河水保留有对大鱼的回忆

在一条河里

在一条流淌着命运的河里
大鱼要吃小鱼
小鱼躲避被吃
同时吃虾米
虾米藏身绿色的水藻
它们还不停地吃烂泥
烂泥是河蚌的家
河蚌在幻想珍珠
一个老太敲木鱼

和董海燕在河堤散步

风迎面吹
和董海燕沿着河堤散步

秋收后的斑驳四野在暮色里渐渐隐去
星星开始越来越多地出现
脚步声也变得动听起来

两个过马路的人

两个人横穿马路
一个勇敢些
冒着被撞死的危险
胜利地穿越马路
另一个稍有迟疑
呼啸而过的车子
就连成了一条虚线
结果他只好站在路边等
两个人暂时被马路隔开
暂时被马路上的车隔开
他们都是男人
这一点很重要
（如果是一男一女
即使不是情人
也会一起过马路）
过完马路后
他们都有些得意
马路的宽度
很多车子行驶的时间
把两个人的得意
恰如其分地隔开

骨灰

我们把父亲的骨灰盒抱回来
睡觉的时候放在床上
谁都知道不应该去碰它

可还是碰翻了
父亲的骨灰撒在被单上
我们将一捧捧的骨灰倒回盒子
感到骨灰的柔软和光滑
手和腿沾上的也被小心抖落
我们还原了一个完整的父亲
夹杂着愧疚、恐惧和爱

盛宴

我的小儿子
客人都已来
拿钱去买酒
见样买一点

白雪下得白
狗在门口叫
茅檐低小
客人进门得弯腰

难得来客人
虽然要花钱
花钱算什么
客人难得来

客人来复归
白雪还在飘
狗已经不叫
夜晚啊静悄悄

十年

十年前，你还是一个小女孩
涂孩儿面奶，文静或者活泼
出奇的干净
没有成熟那令人痛心的表情

十年前，我可以放心和你亲近
抱你在怀里或者举向天空
十年前，我没有险恶用心
不是你的坏人

祝福小女孩不要长大
十年之后没有紧跟的十年
永远是一个干净的女儿
没有沦落为自己肮脏的姐妹……

两盆仙人球

两盆仙人球
一盆长势良好
一盆正在枯萎
当初它们一左一右
像少女的两只乳房
饱满，上面布满假想的尖刺

正在枯萎的那盆仙人球
从内部开始收缩
从底部开始褪色
我用手指触摸还坚硬的利刺
但不敢去碰那层发黑的肌肤
心里充满了遗憾

至于好的仙人球
我觉得它饱满而孤独

里所 作品

推荐语

在年轻一代诗人中，里所近几年的写作已具有大气象，我甚至认为，她写的不是普通意义上的“女性诗歌”，而是新一代诗人面对这个时代生发的情感疑惑，永在困境与自在的处世方略，朝向精神深处的追逼，借助时而舒缓时而嶙峋的诘问式的语调，书写出我们幽暗生命中的点点光斑。于她而言，口语只是一种轻易而举的语言策略，她的坚硬来自强大的内心，在反复的冲撞中，密不透风的那堵隔离之墙终于出现了裂隙，从那里射进来的光亮无疑是希望之光。

（张执浩）

读里所的诗，我最大的感受就是：在某种程度上，人类的悲欢还是相通的，只不过程度不同而已。里所的文字应该是浸透了孤独感和不安全感的，这应该是人类都相通的情感，不过在里所这里，它应该是造就她的诗歌写作的最重要的部分，因为这种情感的浸入，她的文字有了她独有的气息。正如我们都会吃下一些刺、冰碴和玻璃碎片，但于里所而言，她把这些打夯成了她的诗。

（艾先）

中国诗歌的传统中，女诗人要么温和、纤细，极尽婉转；要么犀利、尖锐，势如破竹。里所在两者之间，更显丰满与自如。这也正是里所的优秀之处——她的写作，不依附于某种态度和既定的路径，她有意无意地绕开其他女诗人，拒绝同路，正如她自己诗中描绘的那样，“男人和母亲的双重形象/正撕扯那个女性的我”。这可能是里所从写作中获得的事实与真相，必须从自己的身体中孕育出诗，才能最终寻找到灵魂与身体的关系。

（小引）

那时我们是真需要彼此

我们站在屋檐下
看姑姑家刚生产过的小母狗
瘦瘦却舒展地
卧在干草窝里
失去所有孩子后
她正慈爱地
奶着一只
饿晕了的流浪猫
这对跨越物种的母与子
奇妙地相拥在一起
回家路上紧紧
牵着手的我们
手心都出了汗
那天我们是真的
需要彼此

男母亲

我总说他像小豹子
这没什么新意
女人喜欢把她们的男人
形容为豹子、虎、小狗
他的乳头就是这些动物
鼻尖的颜色
每当我像婴儿轻轻舔过
他就有了母马、鹿、绵羊
湿哒哒的神情
他小腹疝气手术的疤痕
仿佛做剖腹产时留下的
而我正好来自那里

蜥蜴

他让我摸摸那只
红蜥蜴
可我真不敢
金红色革质齿状的鳞片
警觉的龟或蛇的头
都让我畏惧
而它的眼神与人类的眼神
相去那么远
他先做了示范
阳光中他的手像一把光钳
轻轻夹住蜥蜴长满刺的背
我看到那个小怪兽
四只脚爪颤抖着
紧紧扣住木板
和人类做爱时痉挛摆动的四肢
有种相通的无助脆弱感
终于我伸出了右手
蜥蜴的皮肤竟然很柔软
和我想的
完全不一样

合欢

树阴跟着太阳
不停移动
我和妈妈换了三个地方
终于还是坐到了
姥姥晕倒再也没能醒来的
那条长椅上
那是在小广场北侧
两棵合欢树中间
妈妈简单描述了

初春的那个下午
她几点到的
医生是蹲在哪个位置进行抢救的
接着我们聊了更多她的生活
和我的生活
广场上飞跑的小孩
像一条条泥鳅
滑进日光的海中
妈妈说到如果等我
有了孩子
我朝她旁边坐了坐
我们左边因此有了更多位置
就像姥姥和我的孩子
都坐在了那里

我妹妹说灵魂不需要身体

他不时发来问候
叮嘱她吃饭
所有相亲对象中
他是最平和的一个
在钢管厂工作
不善言辞但真心可见
有次他们吃了羊肉
我妹妹说羊肉好吃
不久他便说再去吃羊肉
有次天冷他大着胆子
问她是不是手冷
然后轻轻拉了她一下
她看见他少了三根手指
三根还是两根
她说反正我不在意
我妹妹说灵魂不需要身体

为你买一头大象

你说想要一头真的大象
这不太容易
我想了很久
找到一头非洲象
她曾是社交明星
36岁
名字和你的名字只差一字
刚从动物园退役不久
目前住在一个西部农场
仅需500元
我就能让你拥有她
一直到她死去
大象农场会给我们一张
认领证书
当然
你要和很多人一起拥有她
就像我知道
我一直都在和别人
分享你
好了付款完成
现在我们可以通过摄像头
观看你的大象
如何在河边饮水
也很可能
她一直都不会出现

萤火虫

第一只萤火虫
是黄昏的值日生
他扇动柔软的鞘翅

用尾部的冷光
清扫着空气里的尘埃

第二只萤火虫
给夜幕装上了灯泡
以便接下来

第三只、第四只、第五只
……萤火虫
在日落后一小时的
黄金时间里
说着“灯语”
约会和交尾

她

她又在窗外看着我
荧光色明亮的长发
围拢黧黑的脸
她眼神中有一片湖
顾盼厨房里刚打碎
咖啡壶的我
——满头蛇发
——心神碎裂
在我身体里
男人和母亲的双重形象
正撕扯那个女性的我
——断翅的蝴蝶
——剪碎一切的疯子
狂躁已然成为我的性别
而她却永远恬静完美
自长满新叶的绿树中
升起
她的黑脸

如一面不显影的镜子
不断吸收着更多黑色

果子

梦见变成一颗果子
挂在他左耳垂
果核是我的眼睛
被纤维状情绪
蒙蔽在发酵的果汁里
嫉妒结成坚硬的果皮
欲望像只贪吃的鸟
一整夜
在我身上打洞啄食
越吃越胖

无题

她用每句话里的不安全感
贪婪地将他死死困住
如一只交配后异常饥饿的母螳螂
本能地吃掉
刚刚完成使命的公螳螂
这个过程是无形的
她的碎裂
以爱的形式
刺进了他的完整
然后在离别后的深夜
她继续不安却带着渴望
张开自己
像滚水煮过的花蛤

火星漫步

用恢宏的音乐
缩小爱情
学习古画里的人
藏在浩渺山水中
像只躲雨的蚂蚁
看风吹皱水面
鱼鳞状的光扩散着胀满河道
在拥挤的地铁
模拟人类第一次登陆火星的
视频节目中
宇航员的右脚正要触到
奶油曲奇般的火星地表时
该死的
又感到你的手
触着我的手

失眠

一秒一秒
给滴沥不止的雨夜
打着绷带
巨大的
时间木乃伊
砸了下来

打夯

又听见有什么人
在我身体里打夯
厚重的锤头
敲着我曾吃下的刺、冰碴

玻璃碎片
直到我变成一块锋利
又坚硬的平面

底片

夜里三点还有雨声
五点也有
黑暗中雨水下在一张底片上
我不停往后退
想找到更大的广角
拍下全部雨珠

食物

梦见一位梦神
端着一口铁锅
“再给我一点儿噩梦
还是好饿”
我这样对着她喊道

芒果

来自很远的南方
你就爱那遥远
我长成在极远的西部小城
你就爱我
当你去了更远的世界
我才爱你

活着的人
必须持续流淌金色的液体

直到彻底干瘪

我已被最远的界限
钉成干燥的标本
水分被死灵吸收
只剩下扁平的果核
偶尔恢复芒果的形态

当餐盘满溢
你可以温柔地享用了

信

来信是
美术馆里的一幅画
乍看像一排排草履虫
我读出思念的古老形态
细胞裂变出蓬勃的原始欲望

回信是
夕阳落满回春的水面
金色斑点在3.9倍焦距下跳跃
亲近如萤火虫遥远如宇宙星云
我寄去春分日的白昼与黑夜等长

鱼嘴酒店

鲨鱼张开大嘴
引我们冲了进去
我和他
走过十八节骨架
钻进爱情的肉里

鲨鱼合上嘴巴
开始酣睡
我们像它误食的两根刺
身体碰撞身体
吻交换吻
我咬下他的喉结
他吃掉我的嘴唇
鲜血的气味令鲨鱼亢奋
它说着梦中忍不住
喊出的情话
“我爱你”
然后
消化了我们

伍迪·艾伦式爱情

等他那段时间
她每天收拾一遍房子
一周两次叫阿姨
做深度清洁
冰箱里存满好吃的
列了几十项要一起
做的美事
后来他终于来了
不多久
就赶走了她的猫
砸了她的厨房
她只是想要一点爱情
但从那个
软弱又偏执的男人那里
她想要的
显得太多了

分手

几千里赶回去
他却没有出现
电话里劝她好好冷却
她像打夯机
边走边跺脚
一张脸哭成八爪鱼
她的乳房像打出的两个拳头
踉跄回到酒店
一口气烧完了
他们之间的情书
洁白的瓷马桶
被烧成
一个乌黑的洞

鹅

当它伸长脖子直刺前方
扇开翅膀
啸叫着在我身后追咬
我吓得大哭起来
白鹅冠顶的肉瘤饱满而肿胀
两粒机警的小眼睛
闪着执拗的光
像极了一架直升机与一条蛇的
混合体

父亲一脚踹飞了那鹅
拽起我的毛衣领子
把我拎到自行车上
“你知道鹅为什么敢
追比它大很多倍的人吗”
见我摇头

父亲说鹅的眼睛
像一个凸透镜
它所看到的一切事物
都变得很小很小
它才总有巨大的自信

多年以后我想起这场对话
眼见父亲种种集勇气
与自负于一身的时刻
眼见他经受的每一次挫败
我终于知道了
父亲就是那只鹅

白桑葚

滨河路东边的墓地
曾是我们童年的
秘密园地
桑树结满饱胀的白果
白皙的汁水
迎着白亮的日光
在夜晚的磷火中
最勇敢的男孩
找到一块人骨
挥舞着在我们背后追跑
那年我十三岁
穿过滨河路回家的时候
看见一个死孩子
流淌着脑浆

螳螂

一只螳螂站在路上

秋天的阳光点亮
它羽翅的鳞片
四根细细的腿
支撑起饱满的肚子
两大前肢高举
如带刺双刀
当它机警的三角头
转向我的时候
既像刚刚起航升空的外星生物
蔑视地看了一眼地球
又像合掌的僧人
轻轻说了声
施主

清明

一定是这个时候
一年之中
在北方
树叶
从暗色的枝条里
迸出
每一片
都是新生的
鲜嫩
明亮
没有丝毫衰枯
生命的阳性
勃发着
祭奠亡灵
用一只璀璨的
绿色的手
把死亡锁进了年轮

一片叶子

北方的雪原上遇见一位老人
他扒开厚厚的雪层
取出一片褐色枫叶
让我带它去暖和的地方
回家我把树叶放进书架
有种氛围在房间里蔓生
我独自洗澡时
总听见水龙头里有人说话
睡着时
总感到猫在咬我的脚趾
今天我看到那片叶子上
生出一枚虫卵
米粒大小的白色肉体上
长着两颗黑色的小眼睛

送瘟神

拿着香和黄纸
雾蒙蒙的年关清晨
一队人结伴在田间南行
边走边念
“初三十三二十三
我们给瘟神爷送盘缠”
送到村界尽头
点香插地
行礼跪拜
黄纸火焰扑飞
烟雾像瘟神的巫灵腾空起驾
这时人们要喊叫着发疯地奔跑
越快越好
赶在瘟神改变离开的心意前
一路跑回家

可惜还信仰这个仪式的人
都是拖着拐杖
蹒跚而驼背的老人
瘟神一个哈欠引发的冷风
轻易就将他们全部打翻

诗选本

Selection

44 47 53 60	许剑 曾冰 马萧萧 何不度
66 72 76 83	小西 周鱼 安连权 腾云
90 97 103 108	李伟 王威洋 庄凌 任白
114 119 126 134	施施然 许敏 衣米一 周平林
137 145 151 156	李浩 卢圣虎 谢山 徐辉
166 171 181 187	张敏华 鲁海兵 张晚禾 杨角
192 200 210 215	朱庆和 周瑟瑟 赵俊鹏 张捷
221 228 236 242	离离 游以飘 李郁葱 田字格
250	梁枫

许剑的诗

XU JIAN

人与海

寒露是秋天的节气
黄河南北，朝暮渐冷
长江流域还好，慢跑出汗。

宇宙仍在涨大，我们渐行渐远
沉默是孤独的外在表现
说爱，让人羞愧
不如说嗯嗯，就这样自然结束吧。

想念是在梦里反复回忆同一个人
也是阿尔兹海默症的前兆
在我被迫战栗失语前
结局早有分晓

后事

小区里死了一只猫
从晌午到黄昏
装作散步，取快递，甚至询问门房
有没有收到一封
根本不存在的信。
以此来肯定它的一动不动
和确凿无疑的灵肉分离。
后来所有人都看见了
所有人都在等待料理后事的勇敢者
嘀嗒之间仿佛此刻
有种莫名其妙的愧疚感
不停缠绕我的脚踝

轻轻的，似有若无

轻轻唱

我想表达乌云背后的雪山
还要表达夜里风吹松涛
如美女沐浴

夜已深
你们更深
醒着真羞愧

松涛阵阵如美女沐浴
是我凭空猜想的
清晨的树叶比黄昏绿
那是耳朵的事情

生死书

我当然见过死亡
黄昏居多。
在夜色来临前，
咽下这口气。
变成了人生
最好的梦想

这梦想如山峦起伏
耗尽了
全部气力

直到我不得不
去了把洗手间
安静地退出对峙

这一点点体面的空间
还得提前讲给你听。

呵呵嗯

在山顶上和一群孩子踢足球
黄昏坐在大榕树下发发呆
呵呵，嗯。若有片刻欢愉，大概你
会这样表达吧。

看流星划过雪山是他
说的。你没有
看见，我
也没有。那好吧，
呵呵，嗯。就别许愿了。

黑暗中碰杯如同拥抱
你轻声哼起的歌我知道
真应该再安静些，真应该
将最后一盏灯也熄灭

九月的喜马拉雅山住着
我的孪生兄弟。呵呵，嗯。
他比我勇敢，他那里
每天都下雨。

给

万事倥偬。我停下来
与天空交换眼神

天空，认出了我
并给我一样东西

长江，举不起一个对人间灰心丧气的人

纵身一跃，我跳进了长江
长江一颤，万里冰凉
江水，慌乱起来

我在水里游来游去
不像个想不开的人
江水渐缓，渐暖，渐渐平静

托举着万吨钢铁的长江
愧疚于，多少次，没能举起
一个对人间灰心丧气的人

我上岸了
那些被吓着的波浪
还在回头

一座座青山像祖坟

我怀疑，那一座座青山
都是谁谁的祖坟

因为我看见，挖掘机辛苦
而分裂，一边刨人家的祖坟
一边叩头谢罪
有时，为是挖还是不挖
而急得团团转

母亲喊我吃洋芋

喊的乳名，我听见了
但没答应，我以为喊的
哪个牲口的诨名
或别的子孙
紧接着
又喊一声，我才反应过来
连忙从桂花树下
往屋里跑去
一步，两步，五步……
明明是在往前跑
却感觉是在往后退
三十岁，二十岁，五岁……
直到我刚能听懂母亲
喊我的那年，才停

苦瓜藤

苦瓜藤攥着几个苦瓜
在园子里徘徊

小小的苦瓜花还在开
苦瓜藤上的苦瓜越来越大
越来越多，幸好
苦瓜藤拄着一根棍

秋天，苦瓜藤上没有了苦瓜
那根棍，让给了
出门买盐的母亲

黄昏

锦鸡飞过山冈
仿佛遥远的帝国，迁都于此
庶民们，忙于赶牛，打谷
过独木桥，有人窃窃私语
以炊烟为号。残阳如雪
把人间又渲染了一遍

下套为生的老谭，下山时
一脸狐疑的笑，手中
提着一件龙袍

秘诀

在这里，一场瓢泼大雨
也淋湿不了几个人
九十多岁的李大爷是个例外
当时，他正在山坡上割草
对于天空中的几声惊雷
他充耳不闻

李大爷年轻的时候
曾被万人大会批斗过
听着高音喇叭里
义愤填膺的斥责声
他一脸虔诚，低头微笑

会有人问他长寿的秘诀

他总是大声回答：我耳背

星夜听蛙鸣

听上去，是一些青蛙在叫
看上去，是一片夜色在叫
或者，像是坐在夜色中的我
在叫

我生来听不懂蛙鸣
听不懂，它们是在欢歌
还是在呻吟。是在呵斥
还是在劝慰。是诋毁
还是赞美。或用诋毁
表达赞美

也幸亏，没听懂
要不然，我得用蛙鸣与它们
打成一片，与它们搭讪
或唱和，或安抚，或争辩
没完没了

因为听不懂
我便多了一个选项
——在星空下沉默

你信不信，石头也有爱情

用尽蛮力，我也不能
将两块挨着的石头搬开

也有那么一些石头
搬起来，就轻松一些

它们冷彻，孤僻，深陷某处
身上的花纹，竟如裙裾
竟似领带，竟如一张人脸
当我搬起，又放下
一块石头，会主动往另一块身上靠

我花了一个下午的时间
搬了很多石头
把这么多的石头放在一起
石头和石头，轻轻撞击着
居然不发出响声

种草记

建一块草坪
并制定法律
只栽一种草

许多别的草
也来这里落脚
扯了又长

原来还有更多的草
需要活下去

一块草坪
像极了一座拥挤的城市
那些杂草
像极了蜂拥而来的乡下人

在苞谷田里开会

大块田的苞谷长得最好

像野战部队

很久不当官了，官瘾还在
一块撂荒的二等田正好做主席台
主席台上就座的有我
有三棵漆树，一棵柿子树
还有几棵狗骨头树

我还是讲三点：
第一，你们虽为玉米，但其实就是苞谷
不要因为别人叫你一声玉米
就不知道自己是谁
第二，四海无闲田，农夫犹饿死
辜负谁不是辜负，千万不要辜负背筐子的人
第三，你们没长眼睛，尤其没长后眼睛
但头顶是苍天，脚下是厚土
难道就不能弯一下腰，学学秋天的稻子

我的话讲完了
风吹玉米林
我听到了稀稀拉拉的掌声

对面的二等岩，眼流水岩，鹰嘴岩
都在传达我的讲话，余音袅袅

想起一个叫阿柔的草原

每当我看到一棵小草
就希望再看到一棵，再看到一棵又一棵
看到它们无边无际地连成一片
看到一瞬间：卓玛、牧歌、美酒……如闪电
之后我目光像一笔再也收不回来的
债，欠在天边

巴丹吉林

路已如露，路已不知被蒸发到了何处

我们中的大部分人，只是上帝的乘客
少部分人，在帮上帝做乘务员
个别人要做上帝的副驾驶

蓝得可爱的天空，除了蓝，便似乎一无所有的
天空，突然在日渐低落的湖面上
献出几朵白花花的银锭

风，是一个不带盘缠只带沙粒的旅行者
它唯一的财富，正是它那颗一贫如洗的心

巴塘草原一角

那是一种五彩缤纷的素——

蓝天，白云

绿草，黑马
还有一位低头取经的红喇嘛

只有我是荤的
在溪边，想洗，又不敢洗手

白城

我需要银碗盛雪。需要
用白，去呼唤白。需要更多的
白和冷，为这个浮躁的夜晚降温、安神
需要在黑暗的子宫里，悄悄孕育一个
白胖胖的小世界，比昆仑

白云村

白云，只有老成了欲雨的
乌云
大地才会把它认作自己的亲人

那个越来越老、越来越黑的村民
是一朵
一生都没有飘起来的云

大海

我们这里远离大海，但是地名却叫大海
与大海有关的东西
只有村口那一条流往山外的小溪
它一边恋恋不舍地流着
一边给青山、老屋、白鹅拍着照
为了拍得更多些，还特意拐了几个弯

似乎想把故乡的一切
都尽可能带到江河湖海里
当我来到东海边，或者太平洋彼岸
甚至是大西洋的巨轮上
看到几朵波浪，也会固执地认为
那是我们小村里的
海风老爹在洗犁，海花嫂子在洗衣

每一春你都要来到金城盆景园

瞧！一盆又一盆里，那些被裁剪过、扭曲了的枝干
又发芽了，又绽叶了，又开花了
它们一个个，自自然然地、红红火火地
像是在这高原的寒风中、冰雪里，什么事也
没有发生过……当你用腰身、笑靥
来与嫩芽、绿叶、鲜花，联办着春天的画展
我实在不能，当作什么事也没有发生

明月村

小时候，妈妈老告诫我
千万不能用手指
去指月亮，否则会被它割耳朵

而且，不能用手指
去指神、菩萨、佛……

长大后，不管走到哪里
都会在夜深人静的时候
问自己：有没有
一根手指，在背后指着我？

不管我走到哪里，月亮

都像妈妈手里的海绵擦
在高处收容着黑暗、忧伤、罪过

莫日格勒河

孩子你看，这就是大地的团体操：陈巴尔虎草原
这些亲密无间的绿色小百姓
高矮胖瘦都差不多，谁也没有过多地抢占
公摊的阳光雨露、蓝天白云

你可知，“天下第一曲水”莫日格勒河，没完没了地
左拐右拐、大拐小拐
是为了尽最大可能，滋润到更多的草根

南山

儿时，常蹲在门前那条流往山外的小溪旁
托它把我被群山碰断的目光，带向远方

而今，只要遇到任何一个山清水秀的小地方
都会把它认作自己的故乡

在黄土高原，我用窗口养着南山
养着南山以南的所有的山

羌塘草原

人，怎么做都行，怎么做都不行
诗，怎么写都行，怎么写都不行
下辈子我真想做一颗
狂妄的地球，谁离开我都不行
高寒中，这些每年只能绿上两个月的牧草

马上又替我
一望无际地纠正：其实我最想
微微小小地做一个字，做一个“爱”
迷死你们也疼死你们……

青铜峡

人生的过程，就是把一个个句号改为逗号的过程
云飞码乱的中年引擎
能否检索到穿越大漠雪山草原的骏马？

那是大禹，用一把青铜神斧
劈开顽固不化的石山，劈出一个青铜峡

青铜峡，放飞青铜水。青铜水，放大青铜稻麦
青铜稻麦，放养着
青铜的朔方、塞北、宁夏

放血的枸杞树，还在以它果实的火焰
冶炼着黄河的最新输入法

诗蜜娃底

天下之大，何处为佳，何处为家？

天不答，云乱画，风起沙
像一个着急的哑巴，没法给我回话

话说，诗蜜娃底，意为美丽的黄草坝

它在云南省下，德宏傣族景颇族自治州下
盈江县下，苏典傈僳族乡下
苏典村下，下勐劈村民小组

一个越说越小越说越远的地方，发芽

如今的香格里拉
全都躲在一个越来越小越来越远的地方，开花

天美

最美的提灯女神，非天莫属
她提星星，能提那么多盏
提月亮，能提一整晚
甚至在白天，也要提个太阳
她知道人间的白天，也有黑暗

通湖草原的花

看一场细雨，在腾格里沙漠
在腾格里沙漠腹地的
通湖草原，浇洗着这种花、那种花
不由得想起儿时在乡下
全家男女老少每天共用一块毛巾
把脸擦，把汗擦，把泪擦

关于珠峰的算术

当一个69岁的无腿老人，穿戴义肢
从珠峰南坡大本营出发
经过七天跋涉，终于站到了
海拔8844.43米的世界最高峰顶
全身无一处缺损的我，望着手中
这支还没真正写出一首好诗的
0.015米长的中性笔，深感
他的8844.43，我的0.015

都是：风与雪的和，灵与肉的差
伤与痛的积，爱与恨的商

我坚信，一个抬头者处处可见珠穆朗玛

大约八九岁的时候
一场雨后，在湘西南故乡的制高点
我突然看到远处云端里
似乎露出一个高傲的山头
便问：那就是珠穆朗玛峰么？
众人的大笑声中，我百思不得其解
一直到现在，也不明白
那些人到底笑的是我，还是他们自己

结果是

结果是
拳头越握越紧，连自己都感到了恐惧
但还是竭力忍着
因为他知道遗忘的速度
比痛的速度快

结果是
嘴巴越张越大，以至于牙齿都掉落了
还得自己吞咽
但仍然不愿承认，背后
另有其手

结果是
于活者而言
与死者一样，都无可挽回。以后将是
明暗的、无处不在的
手和嘴，替代人
随时修改
说和做
死与生

同一世界的拆分

于你而言，
森林是每一棵树、每根枝条、每片叶子，
都是不可少的。
于他而言，
森林少了一棵树、一根枝条、一片叶子，

还是森林。
于世人而言，
如果只剩下几棵树，他们就改叫它树林，
或者树木而
不区分。

蛰虫始振

他又梦见你
一醒来他就忘记梦中无比清晰的你、你的笑
和你的哭以及你转身离开时好像
不认识他的表情
就像花开、花落
花的白有一种他无法靠近的绝望和忧伤
在一些感觉和事物中开始腐烂
也开始生长

獭祭鱼

这里没有蟑螂
这里灯光彻夜亮着（有人告诉他）
这么说，这里没有黑夜？
他想，这里没有蟑螂
他露出笑容
他看不见自己的笑容
这是事实
看他笑的人露出笑容
他看不见
这也是事实

还有一种事实是
他不知道以上是不是事实
于他一个瞎子

来说，微笑更像
是一种应激反应
以便适时避开
迎面的撞击和
没来由的灾祸

苦菜秀，靡草死

在睡去之前，你还要再默念一次
没有被说出的词语
像压在胸口的石头
一次又一次地，你想要挪开
却总是不能，在梦中
这石头被识别为一片冗余的湖水
得以虚构、完形
得以填充，成为一条路
随时可以折返

生者由此去自己一无所知的世界
死者由此来自己恋恋不舍的处所

反舌无声

阳台上的九盆花依次是龙血树、
菠萝、米兰、红掌、
双色茉莉、绿萝
以及散尾葵、橡皮树和仙人掌
它们得到了很好的照料
免于温度、水分的匮乏
但让它们困惑的是
比如绿萝，它不知何时该落叶
何时该生长
比如仙人掌，过多的水分让它

不知所措
而对于那些开花的植物
比如双色茉莉，更是错认季节
不知在开花与落叶之间
如何取舍
它们都在免除一种困苦的同时
陷入另一种困境

祈祷辞

那些我苦心经营出来的
边界，那些我为自己竖起的栅栏
脆弱，不堪一击

那些内心滚动的
石头，终于找到自己的位置
在栅栏之外

那些我不再是我
也不再是世事喜欢或痛恶的模样
我已不值一提，我只想
要回家

后话

儿子，我的诗集
《异己者雅克》
只印有1000册
每一册都要卖给
想买的人

剩下的在我死前
没有卖掉的

你留着继续卖给
想要的人
同时，每年给我
烧一本

最后
给你自己留两本
如果不想
就照上例处理
直到一本
不剩

虚空结

一个父亲来自
一个更远的父亲
一个更远的父亲里面有更多
更远的
父亲

一个我
里面有更多的我
一个我里面有
更多更小的
我

就像
虚空中有无限的
虚空
无限的虚空中有
更无限的
虚空

他们都是自身

也是自身的边界与延展
更是偏离与纠正
以便活着时
是一个不合时宜的自己
与一个合格的
父亲和纯粹的
虚空

这个人间不想留白

钉子让我对铁有了敌意
因为写诗，他人觉得我难以接近。
一个花盆送走了它枯死的朋友
如今长满了莫名的叶子。

这个人间不想留白
要那么多劈头盖脸的雪有什么用?
要那么多熬红的眼睛有什么用?
请试着去读读诗吧
避开刀锋去摸摸汉字的脸。
试着去理解一个骄傲的人
也有窘迫的时候，当他先后两次
为汽车更换了发动机
却听不到半点噪音

来不及

反复洗手
希望流水冲掉可疑的幻象。
路过公园
以为在一段树枝上
就能找到花朵走来的路径。

仍是雨，雪不会来了。
如果你还没经历过深渊
请在夜里听听，有人哭喊
黑暗没有给他任何回应

鸟巢湿透，马路积水
无数汽车从这里疾驰
每个人都想躲避泥水，唯恐溅到身上
但已来不及了

赞美雨滴

这些雨的孩子
在栏杆上一一排列
有的略胖，有的单薄些
都有着纯净善良的眼睛
它们不愿就此落入污泥
我赞美它们，在命悬一线时
紧紧抓住了栏杆

危险

海浪是正确的
却为错误的风暴献身
一个渔民驾驶着小船
他经过岸边时，欲言又止

我仍站在陡峭处。大风拉满了弓
送来一些危险的词
我知道，脚下的礁石也是紧张的
无论它晃动，还是我晃动

春日读书

阳台上，草木清香
叶子和花朵分泌出无数的光
光又照耀着书上每一粒汉字

读到兴奋处
我站起来，靠着墙大声朗读。
所幸它们一直活着
从未因人类的懦弱和恶劣的表演
而衰老过。
也不会像瓷盘里的浆果
用甜美麻痹着内心。

当我推窗远眺
大海涌动，那些水
在沉默之后，终于选择了咆哮

马镇的吉卜赛马

马镇下雨之前
朋友发来各种马的照片
我极其喜欢扎辫子的吉卜赛马

它眼神安稳，皮毛光滑
早已失去了少年应有的野心
我们的绳子，需要这样一匹马
需要更多这样的马

犹如写作使用的语言
同样圈在马厩里，被饲养，被喜欢
被一根绳子紧紧拴着

小雨天散步

雨丝细小
如银针斜插入湖
水里游动着三两群鱼
黑色多于红色。

绕湖两周，发现此地空旷
有大片的留白
除了一株想开，还未开的木槿。

心下忧伤，但不是为了前途。
因为慢行和快步没什么不同
我们和所有的草木一样
正走在不可逆转的历史之中

朗诵会

你来了
请找个地方坐下
楸树还有叶子
过几天，叶子也将全无。
我们之间
只剩下了雪。

那么，骄傲的雪
也请你找个地方坐下
罗伯特·勃莱的照片挂在墙上
他的诗，被另一个人朗诵
声音那么小，把我们带到一座荒岛
大家正艰难地徒步时
屋内突然停电
有个孩子哭出声来
她发现了，黑暗中雪白的你。

大雾弥漫

对面走过来的人，顶着
乳白色的帽子
他有名字，但我不知道。

雾也有自己的名字
比如张庄的雾、宁村的雾
瘦成一缕或胖成一团的雾

它们看起来有点难过
大面积地弥漫过来
大家正往山上爬，发现双脚消失了。
我们悬浮在半山腰，仿佛并未走动
只是大雾用一辆独轮车
在推着整座山向前行

卡佛和玛丽安

出于对两个人的热爱
我把老家院子的两棵梧桐
命名为卡佛和玛丽安。

卡佛比玛丽安粗壮一些
而玛丽安，更愿意开花
让浓烈的紫，高于一道土墙。

秋天，树上除了几个干瘪的果实
什么都没有。
就像他们流浪，辗转于许多地方
贫穷是一条忠诚的狗。

这些年，他们虽躲过
无数闪电和暴雨
但最终没逃过一场台风
卡佛从腰部折断。

院子里只剩下苍老的玛丽安了
我走过去拍拍树干，没有任何回应
才发觉她的心已经空了

两个年轻人

雾气散尽
两岸染着薄绿，活泼起来
他们赤脚在溪流中走着
水清且浅。
鱼可见，沙石水草亦可见
白鹭低头喝水
飞机从它的翅膀上经过。

笑声像被筛子筛过
那般干净柔软
当他说爱，她立刻做出了回应

白鹭

从畲族的旧村落回来时
发现零星的稻田，还保持着深黄。
雨越下越急，一只白鹭飞过来
落在低矮的电线上

这突如其来的力
让电流在它两脚之间
颤抖了几下后一路向西
我们向北。白鹭则低头
穿过雨水南去

病中，在被窝，想起那些黑鸟

它们才是我的大师，
它们懂得黑，
它们懂得回避清晨与夜晚以外的大街，
它们懂得停在树下，踩几步独舞，
当人们的脚步来临便警觉地
蹿向树梢，懂得
蹿向树梢就可以吟唱。
但它们有时并不飞远，（在人的房屋内
踱步，把具体的家具与语言查看。）
虽然它们也可以飞远，它们
也懂得明亮，用自己天生的
黑羽毛的方式，它们也会专注地
啄着没来由的光。
它们懂得季节，就像不懂得。
懂得昨天今天和明天
自己都是同一只。
它们中的这一只
和那一只没有分别，
都是黑色的，都是同样的黑。
他们懂得日子本该如此，
懂得自由不是要去成为什么，而是
可以不去成为什么，就是搬动着
黑，从一处挪到另一处。
（慈悲的黑，僻静的黑。）

你自身的寂静

不，不会有一种生活是

你能够看得到尽头的。
即使是最无聊的，你认为
按部就班的生活——只要
你保持住你自身的寂静，不被
整体阴森的沉默吞掉，那么你
总会听到那种声音：
每一天在你自身的琴键上
调试着音调，并且
去到最细微的地方，
你要将它弹得将断未断、似断非断。

同时

墙插入星空，路灯下，一对情侣
靠着墙，在亲吻中分享被对方秘密打开的自己。
有人已经酣眠，在鸟群振翅飞入的黑暗深处。
救护车的嘶鸣，撕开长长一道空气的伤口。
然而——世界，依然被称为“一个”。

今夜，做好了决定

今夜有雪落在我十一月的窗外，
无一物不在雪中。细琐、轻薄、六角形。白色
在无色中，无色在白色中。
窗外的镜子在看我，我在看镜子。
“这是一个清晨。”从那个不存在之处
向我传来这真实之声。

河流

我的双亲，坐在石阶上，
在笑声中谈论起彼此的衰老。

阳光照在他们的皱纹上，
也照着婴儿车里躺着的
他们的外孙女。
一瞬间，我们背后的
事物排列得很长。
河流上，一块漂流木
显现，很快又在一道波浪中被遮盖。
他们俩的笑声，像是真的，也像是假的。
他们俩的笑声，就好像要
朝着河里边打捞出个什么，
并且在捞起时，空无一物。
然后，很快地，我们一边说起别的事物，
一边望着河流，它一直
不停歇地奔流向前，它不停歇地
从我们的身边经过，也从
我们的里面经过，它像是我们
可以去说的或正在说的事物，也像是
我们根本无法谈及的。

几个世纪过去了

——给Y

几个世纪过去了，我们仍
待在里面。这座被画出的
城堡。楚门的世界。

交头接耳的白石上的蚂蚁。
演员们每天来敲你的家门，
送上用野心装订的忠告。

夜披着白袍，跟在白昼后头的
浓荫里。我们耳朵的
里屋。你会走进去，将手
洗干净，继续写，就像写在水上。

一种透明的用十字封印的信。
只有刽子手才会到处张贴
死亡告示，宣判
“水是留不住的事物。”

船

洪水退去后，巨大的方舟也分散为
无数船只像它所庇护的飞鸟、虫豸和百兽
重新返回世界的各处
渡船重新成为渡船，载人往来于
河流两岸；小渔舟重新成为小渔舟
在夕光中唱着金色的歌调
航行啊航行，遭灾难损毁的，又在地上
繁衍和积蓄起来
那装运丝绸陶瓷香料的货轮仍从其类
越过重洋，日益抵达得更远
那梦幻的游轮仍从其类，奢华日益加增
航行啊航行，要从地上除灭的
又在全地上滋长、泛滥
那冷藏船的集装箱里塞满了牲畜
一样的人口在牲畜的血肉之外，仍从其类
那战船换上了钢铁的盔甲，彼此发射
愈来愈猛烈的怒火，仍从其类
航行啊航行迅速漫升的海平面
很快将再次窒息阿勒山的呼吸
而健忘的众船早已遗失了那回归之路

鲸鱼

俨如灰色的沉重的巨石
我们在高山上的房子
已经越来越像是这座山的一部分
已经越来越看不出
它原本是海洋里的一头鲸鱼

只在古老的传说中我们还会想起
我们的祖先曾在它的腹中
渡过那末日般的灾难
当海水退去，它就这样留在了山顶
成为幸存的人们的新居所
尽管它在时间的侵蚀中慢慢消解
尽管我们现在的房子
只是对它的形式的第无数次模仿
在寂静的星空下或某个雨夜的盐味里
我们仍能感受到它
似乎就要重新游动起来
也许这就是为什么我们总是梦想着
一座面朝大海的房子
白色的炊烟像是高高喷出的水柱
也许这就是为什么
多年之后父母已经老去
我们回到空荡荡的房子
似乎还能听到他们的声音
像鲸鱼一样带着我们向那大海游去

灰烬之火

把土豆埋在灶膛下，等饭熟的时候
就能闻到散发着热气的异香
把冷却的草木灰撒在幼嫩的麦田
寒风和大雪之后，禾苗青翠
没有遭受任何损伤。过去，我还见过
人们点燃画着神秘符咒的黄表纸
兑水给久病的亲人服用。灰烬里的火
献上意外的惊喜，或最后的安慰
当我现在回想时我仍能感到它
像一个沉默的害羞的孩子，常常躲在阁楼
花上整个下午察看的那些从野外捡回来的
小石子、松果以及各种形状和颜色的树叶

因此，当我现在在白纸上艰难地写下
一行行文字，我想努力把温暖的火焰保存
在这些黑色的灰烬一样的词语里
像生命的热力在腐烂的草叶里
燎原的火星，在河边冰凉的卵石里
像千百年前的盲诗人所望见的月亮
至今依然照耀着夜晚的大地。而我的双唇
因长久地默诵它们也将幸福地发烫

大海

你第一次看见大海
你激动
如大海
你在海边
一直喊大海
大海
其实你看见的
只是海水
只是大海很小的一部分
就像你小时候
在课本上看见的
世界
或者（换句话说）
生活那样
你第二次第三次
以及后来很多次
看见大海
你看见的
也只是很小的大海
相同或不同的
一部分
大海太大了
你没法看见它

也没法看见它
所有的部分
你看见的
始终只是海水
而有一天
你随一艘小船
在大海里
漂了很远
你突然看见
四围都是海水
你看见的只是海水
可我要说
你看见了
大海

风筝

粗糙的白纸和轻薄的竹片
粘在碗底的米粒和一团棉线
——来自母亲的百宝箱抽屉
我们用这些东西为自己制作
一只风筝，然后举着它
跑到山顶去找风。在自然的宁静中
少年的脚步声和呼喊多么巨大和明亮——
为笨拙之物最终像轻盈的鸟雀
飞翔于天空，甚至也为它的失败
如倦鸟般坠落浓密的树林。
有时候，我们也会看见一架飞机
仿佛银质的风筝，从更高的空中穿过
耀眼的尾迹要等好一阵才消散
当我们追着它，将手中的绳线全部释放
我们更加强烈地感受到那欢乐的
颤动，像微风经过

屋后的竹林，像我们握着笔
在草稿纸上一遍遍尝试写第一首诗。

种子铭

堂屋中央孤悬的麻绳
吊起的半袋留作种子的落花生

仿佛收获后的供奉。母亲和我俯首
在饥饿的簸箕上挑选了整个下午

因此我知道，它对于
家中金饰般代代相传的老鼠们

巨大的诱惑。像火一样烧灼
我的欲望也让它们禁不住地发颤

让它们疯狂地寻求，可能的漏洞或裂隙
而四壁的垂直与远离折磨着它们

在每个吱吱乱叫的夜晚
而我踮起脚，在摇摇欲坠的高椅上

一次次解开那颤抖的绳结
然后用侥幸的空气去填满

偷窃后悲伤的空洞。十二岁我并不懂得种子
意味着什么，失种的土地在一九六〇年

意味着什么？当本应繁殖新的荚果的土里
后来，却因此弥散着无尽蒿草的苦涩

怪鸟行状录

当鸟群像急切的种子纷纷撒落
在田野，将全身沉浸于金黄的芬芳里
一只鸟径直飞过，并不因此停下来
它要去荒原收获真正属于它自己的粮食
它把捡拾的谷粒播种在那片贫瘠
而无人关心的土地，因为营养不良
它看起来已似一位老者，丑陋的毛羽
布满脏污，但它的心儿仍像刚出生时那样
小小的——始终无法长大——策动着血液
仿佛飞翔的米粒，从尘土里挖掘出甜
它的歌声让夜莺和金丝雀都嫉妒，但它拒绝
加入它们的合唱队，也就是拒绝了
清凉的山泉和甜美的浆果，它提着笼子
在天上飞，渴了就在天上啜饮闪电
照亮的雨水，死了就挂在云朵深处
被风摇晃着，仿佛心脏还在搏动
还在努力托举着它上升

读炼金术士笔记

对纯洁性的纯粹要求，激怒了
造物主，他们的试验
注定以失败告终
这并不可笑，用四种贱金属去实现
伟大的黄金梦想
面对坩埚里糊成一团的东西，和他们一样
我也不知道称呼什么名字好
我也感到了那痛苦——为什么？——它没能获得
黄金的形式和灵魂，而是像一颗心
冷寂后，那么黯淡无光
但他们很快就又生起炉火，让自己的血脉
重新有力地搏动，精馏，提纯

等待着转变
仅仅想象一下吧小屋子里的黑暗
和绝对的孤独，就将堕入永恒宇宙的深处
亿万天体在身边飞旋，燃烧
每道光线都像是一次问候，但无法回答，无法
和它们对话。除了词语，今生我也没有其他方法
幻想将万物当中太阳注入的黄金提炼出来
在表面重新焕发——美崇高的光辉
如同他们当初明白希望的无望
但仍然把古怪的精神完全投进这熔合的仪式

晚安

十一点
我正捧着手机发呆
他的头像闪了一下
一个安字
跳了出来
后面紧跟着
一杯啤酒
本来我也想
说安的
可打出的字
却是要睡了吗
他说没有
只是投一粒石子
我说嗯
你的石子
投进了水里
他发了个
龇着牙笑的表情
说他听到了
扑通一声
还看到了一圈圈涟漪

春

这个春天
到底什么时候来的
我真不知道
我一直

躲在阳台的吊篮里摇
摇着摇着
树就绿了
再摇着摇着
花就开了
窗外的花草
香或者不香
我都
闻不着

雪地里的小男孩儿

雪后的傍晚
外面几乎没什么人
只有一个六七岁的小男孩儿
在雪地里
认真地滚着他的雪球
开始时雪球很小
他用单手便可以轻松滚动
后来必须双手
双臂
共同用力
再后来
雪球越滚越大
他不得不高撅着屁股
头低得接近地面
把自己变成杠杆
撬动雪球
雪球向前动一下
他就直起身子
笑一下
没人知道
他要把雪球滚向哪儿

一只鱼飞上了天

一只鱼飞上了天
听起来有些荒唐
而且量词也不对
有什么关系呢
这并不影响
星期天整个下午
她都坐在公园的长椅上
等一只鱼飞上天
并试图用手机
记录下整个过程

谢俊飞

18:15分
我收到一条快递通知:
尊敬的客户
你有一个来自南京市的快递已发出
请留意
——谢俊飞

谢俊飞
谢俊飞
南京的谢俊飞
18:15分寄快件的谢俊飞
你晚饭吃了吗
会喝酒吗
来，我们干一杯

游戏

那晚在酒吧和乔治分开后

就再没有他的音讯
寡妇露丝却从那天起迷恋上一种游戏
跟不同的男人调情
听他们说喜欢她爱她
只有在那个时候
她才觉得自己还活着
她从不关心那些话是从哪儿飘来的
她觉得那些声音的背后
都是乔治

木门

卧室的白色木门上
有十一个圆孔
五个大的
六个小的
孔里镶嵌的黑森林
工艺玻璃　是定制时我选的
这没什么可说
但那圆孔
为什么是十一个
不是十个也不是十二个
又为什么五个大
六个小呢
这很让人费解

一见喜

第一次掐穿心莲给你看时
你并没做太多回应
或许是因为忙
或许是因为它过于稀疏
没能引起你的注意

第二次再拍给你
穿心莲已长成茂密的一盆
肥厚的叶子
在太阳下油绿得放光
你说好东西
解毒败火
可以凉拌着吃了
我没吭声
隔段时间
又第三次拍了穿心莲给你
这次，一盆
变成了两盆
且都茂密油绿
你惊叹
啊，长这么快
真的可以吃了
不然就老了
我依然没吭声
没告诉你
我其实不喜欢穿心莲的苦味
也没告诉你
穿心莲又名
一见喜

小桃红

小桃红的花骨朵
越来越饱胀了
风吹一下
她就红一下
风再吹一下
她就再红一下
风一直吹
她就一直红

阶梯

我说进入极乐
需爬 999 级台阶
你一直不信
可我
真的反复数过很多次
昨晚
甚至数了
一整夜
从下到上
从上到下

不可描述

他们说
坐火车适合写诗
雨天
也适合写诗
现在，我坐在火车上
窗外又飘着雨
具备了写诗的双重条件
我却写不出一首诗
我在和他们讨论酒
一个人喝酒
俩人喝酒
或者多人喝酒
哪种喝法更好
如果让我选
我当然会
毫不犹豫地选俩人
两个一起喝酒的同性
不是知己
便是闺蜜

可以将心事一吐为快
一男一女嘛
那故事就精彩了
可以想象
不可描述

李伟的诗

LI WEI

夜深人静

一个人
在深夜
吃饼干

咔咔咔
咔咔咔
卡夫卡

大象大象

不踩死一条鱼
大象做到了
不踩死一只蚂蚁
大象没能做到

大象大象
沉默又沉重的大象
一步四个脚印的大象
渴望飞走的大象

诗

黑夜中的飞翔
被清晨打断
我悄悄落下
买一份早点
挟着皮包

走下深深的地铁

黄昏的鸟

手机又一次
提示我
空间已满
我又一次开始
清除垃圾

手机程序
飞快扫描着
我抬头
看看窗外的天空
天空下
凝固的楼群

楼顶的广告牌
远处沉默的
发射塔
烟囱
灰色的云朵

天慢慢暗了下来
把白昼带走的
是一只
掠过
黄昏的鸟

手机的黑屏
光突然一闪

子夜

把灯关掉
就是明天了
我不相信
明天
就是像现在这样
漆黑一片

有一种声音

有一种声音
一直在响
隐隐的
我分辨不出
这是什么声音

有人来到窗前
观察
有人在楼下
站住
四处张望
还有人在床上
捂住耳朵

而声音
越来越近
越来越清晰
仿佛就要灌满
整个空间

今天是星期五
上午
窗外有树

有云朵
阴天

这个冬天，想起了害怕打针的童年

大街上地铁里
每个人只露出
两只
黑眼睛

好像护士盯着我
把针管里的
空气
慢慢挤出

小时候我会哭
哭声响彻医院的走廊
现在我
哭不出来

但我的心在收紧
好像那里
一直藏着一个
冰凉的

酒精棉球
它仍在那里
擦拭
我石头般僵硬的心脏

黑暗与哨音

所有的灯在同一时间

同时熄灭
巨大的黑暗中
一块块石头发出了哨音

城市仿佛就是荒野
所有躲在
洞穴里的动物
都听见了持续的哨音

当灯
在镜子中重新亮起
灯下有一团黑影
桌上有一只哨子

而沉默的闪电
刚刚从长长的楼梯上离去

记得有过这种风俗

记得小时候
一有蝙蝠飞过
所有的孩子都会
把嘴紧紧闭上

把鞋子抛向天空
据说蝙蝠要是
飞进了谁的嘴里
谁就会变成哑巴

而抛起鞋子
蝙蝠就会钻进鞋里
放过
那些闭嘴的孩子

去厨房喝水

每次夜里
去厨房喝水
都要先经过客厅
那里空荡荡的
让我心慌
只有到了厨房
才感觉安宁
厨房很小
像一个避难所
里面有吃的、喝的
还有一个阳台
站在那里
能看见对面
楼顶的月亮
还有远处
快速路上的灯光

空城

大街上空无一人
广场上的雕像
像疏散到月球的旅客

戴口罩的动物
站在体温不正常的墙角
小心翼翼地探头

一只看不见的手
试着抓住一团迷雾
又悄悄缩回

被遗弃的小皮球

在城市最高的楼顶上
孤独地蹦跳

当一切进入更深的沉寂

指针刚指向零点
雾就在这个星球上升起

这里有黑森森的怪兽
有模糊的影子
有沉闷的脚步声

偶尔有光一闪
但听不到呼救声
一切都在秘密中进行

雾越来越浓重
当一切进入更深的沉寂
一棵树站在灰蒙蒙的街角

等待一支吹响的小号

失眠症

他躺在床上
床单是深蓝色
他听见她的呼声布满了褶皱
好像声音是长在床单上的
图案
外面下起了雨
是的，外面在下雨
也许下了很久
雨声很细微
细微到飘了起来
当他的思想回到屋内
她的呼声也渐渐升起
超过了前者
并变得
非常非常缓慢

深夜三点半

他迷迷糊糊的
被远处传来的声音完全惊醒
起初他以为是对面楼的两口子发生了口角
走向阳台
发现是两只猫在叫，原来如此
它们的叫声大到
进入了他的身体
这已超出他的常规认知
他趴在窗前，看着这条死了的街道
远处的环境渐渐显露出来

直到他把目光停留在一根电线杆上

两个月后，我回到我的家里

我的砧板在慢慢地变质
是的，它正在腐烂
如果没有出错
你看不见它腐烂的过程
它不像食物那样
轻易地会被瓦解
它很缓慢
缓慢地，此时
它静静地躺在水池边
太阳照在树荫的上面
你知道
它们经过树荫才能到达我的屋子
我在等它们到来
我等着
它们有一些已经到来了
有一些还在路上
但那些已经到来的
你看
你看我的砧板上就有
它们在那片腐烂的斑点上
看起来一切都很好

白衣人

夜晚的白大衣很白，
像白天落在了这件衣服上。
被白大衣包裹的人，
在夜晚的道路中行走。
他的血管不那么清晰，

但他的气息时有时无。

我站在阳台上吸烟，
举着一听啤酒，
里面流出最后一滴
在我的舌苔上。
此时，他发出一声咳嗽
在一条无限延长的路上，
这并不是我期待的那个嗓音。

与子书

时至今日我还不会写一首
作为父亲的诗。我还不会
把亲情和亲密进行兑换
我以为河道里
住着两条干枯的水槽
当我不小心触碰到你剖开的牙床
肮脏的身体随之移植
进入新的土壤
我大摇大摆地学着苍老的模样
接着我真的
成为暮年的父亲
我看见流星把光带到一个
惊讶的相似之所
那些陈列的标本
还在隐秘地呼吸

矛盾体

它的手一伸，伸进我的喉咙
把我的话堵在里面——
“明天的房贷将从银行卡里划过”

我想说“划过”
是两个优美的字眼
烟头划过天空，美腿划过双眼

词语，在混杂的日常中被赋予力量
当它堵在我的身体里
阳光照不进来，也不能确切地
放它出去。
它们十分矛盾地
在我的身体里、我的喉咙上
它们群居在那里……

在天上

很久前去了趟远方
机场小路可以直通山顶
大概一个小时吧
我们就有了真实的距离

云上的疙瘩皱皱巴巴
像一团揉皱的被子
“爸爸在天上看我吗”可是
这里什么人都没有

太阳已高出海防线
不是为了抵达高处
我找不出恰当的角落
来安置两条腐朽的腿

和所有的它们一样
在天上挪动笨拙的身躯
排泄并不能解决一切
只有玲珑的小孩在制造语言

错位

装修完毕才发现
家里某些不合理的布局
需要重新设定
比如阳台大到
可以独立成一间卧室
比如书房，它原本就属于
做梦的地方
我试着检索
它们是从哪个环节开始错位
或者说，从哪个环节开始
我觉得它们是错位的

夕阳之歌

这是向阳的傍晚
也是夕阳的傍晚
许久未见的阳光就这么直来直去
没有体谅对面阳台上
阴湿的连衣裙
女主人在房间里荡来荡去
有时进入盲区
成为香烟的替代品
她走出来，脚尖赤裸
成为木板掂在空中的替代品
她好像能够飞，也许不能
假设她是可以的
用我不知道的方式
在密封的人群里飞来飞去

留白的夜晚

五年前的夜晚
我剥开一粒吗啡
递进他的嘴里
以此拯救病房里
低落的气流
我们听贝多芬
和勃拉姆斯
他提出想看一段
赵本山的小品
夜晚留白的天空，多么美
如果明天可以继续

清醒者

秋风穿着拖鞋在走廊里
晃来晃去
把一片叶子和我
吵醒了
太阳还闭着眼
天是阴的
叶子说，我们落下去吧
它们义无反顾
我突然有点感动
我也是一个清醒者

芦苇

我们沿着江滩散步
高高的芦苇将小路遮挡起来
很多目光被挡住了
很多喧哗也被挡住了
江水静静地流淌
芦苇静静地摇摆
分不清哪一株是你
哪一株是我
这就是拥挤在一起的草民
风一来就点头

看天

闲暇时我会抬头看天

不知神明能保佑我们什么
低处的卑微
都被无边的蔚蓝宽容

我喜欢白云自由飘荡
哪里都是家
而人间到处是笼子

晴空万里呀
内心也空无一物

秋老虎

处暑已过
秋老虎还在发威
武汉依然闷热，高烧不退
每天和一群男女老少
一起蒸桑拿
我的盛夏已随蝴蝶飞走
爱情却没有成熟
但我的心依然火热
二十四只秋老虎，有一只是我

五祖寺的樱花

五祖寺的樱花开了
开开落落像下了一场雪
寂静被寂静覆盖
人世间的很多痛苦仿佛也没了声音

寺院的老和尚说
多年前有位日本作家
带来了几株樱花树苗

它们不问庙堂，只臣服水土
在哪里盛开，哪里就是福祉

一场记忆里的雨

突然下雨了
路上的行人四处逃窜
我兴奋地跑了出来
与树木站在一起
我想知道
雨落在树上与落在我身上
有什么不同
我想知道久旱逢甘霖
是如何变成神话
我张开双臂，伸伸懒腰
那些树木也抖抖身上的叶子
原来我与树木
也有一样的快乐

美女与野兽

和朋友去看《美女与野兽》
电影看到一半，我爱上了野兽
想私奔，想自由
在荒天野地体验洪荒之力

我不爱那些衣冠楚楚的男人
个个脸上开满桃花
风一吹就心动
也不爱油盐酱醋里的男人
一辈子循规蹈矩
他们都是被驯化的动物

石头

每到一个地方旅游
都捡一块当地的石头回来
那些石头形状各异五颜六色
有的像星星像太阳
有的像花像草
有的像猪像牛像人像神仙
孤独的时候他就看看这些石头
越来越多的人已变成了石头

下雪了

终于等到一场大雪
天鹅绒降落
漫天雪花飞舞
我也飞了起来
轻飘飘的
仿佛每个人的命运也不再沉重
雪花一点一点把这个世界变白
我也一点点变白
我几乎已经遗忘了
这纯洁的颜色
如今，只剩一片雪花
能找到你内心的感动

错觉

下午我坐在朝南的阳台上
阳光从我的右前方暖暖地照过来
我总有一种错觉
感觉自己是面朝东方
太阳是八九点钟的样子

仿佛新的一天才刚刚醒来
其实我害怕黄昏
之后是一个人空洞的辽阔
是不是人生在世也是错觉
阳光充满了怜悯

孤单日记

一个人读女诗人旧作《一个人》
不是同病相怜，是春天的气温悄悄回升
一个人在图书馆，身边坐着李白和莎士比亚
浪漫与悲剧不过是人生的正反面
一个人听音乐，王菲对我诉说女人的《心经》
还有《贝加尔湖畔》与我谈一场透明的恋爱
一个人化妆，镜子里面是李师师
“看遍颍川花，不及师师好”，在大街小巷流传
一个人吃饭，周围都是碗筷的交响乐
一个人看月亮，抱残守缺也没什么不好
一个人也可以是整个世界
一个人活在芸芸众生里，我的自由也被放大

再见

我在房间里呆呆地坐了一个下午
直到太阳坠落我突然很想他
想他抱着我时动情的样子
想他离开我时冷漠的眼睛
夕阳已经原谅了黑夜
但我们再也不会见面了
一只鞋子被人群挤掉了
剩下的那只也石沉大海

任白 的诗

REN BAI

凌晨

凌晨是六角形的蓝色晶体
你无法躺在上面浅睡
只能和它一起下降
从对流层开始
茫然而歌
和亿万淬结了自己的结晶体一起
声势浩大地下降
下降，天地间都被这种无声的坠落慑住
我的魂魄也结晶了
俨然是只多情的星宿
怀里抱着一腔泪水
比酒还烈，比海还深
是的，我永远不会坠地
永远不会把自己摔成一摊污水
我坠落并且抵抗坠落
我要你们看见并且知道
有人醒着，愿意尊重命运
但一直抱着所有冤魂

记者节

你用一万条稿件编织翅膀
伊卡洛斯的航程
拉拽云彩像牵着逻辑的衣角
浩瀚，自毁，像出最美的悲剧
一个剧终的身后，跟着无数个冬天
你想了很久，在好几个伟大的语种里
也没找到一个预制组件

能回答自己的问题
好在一件旧大衣如此忠诚
一直等在门口
等在所有季节都被拒绝的安检通道里
等在喧嚣拥塞的信息黑洞里
她哭了，两眼微红
但还是一声不响地抱住了你

在超市里

在超市里，货架上藏着一个军团
整个星球的萃取物气宇轩昂地列队肃立
仔细看过去，那些谱系复杂的种族和姓氏
带着隐隐敌意相视而笑
你和左前轮兀自旋转的购物车互相搀扶
听见它肚子里山谷一样空洞的回响

你总是在罐头区驻足
细听那么多铁屋里的低语
它们是有口音的
海洋巨大胸腔里充满泡沫的低吼
雨林中果实坠落溪涧之声
北方秋风对针阔叶混交林的摇撼
还有樱桃园莫名的叹息
现在它们都被堵住了嘴巴
被贴上了胎记一样的条形码
还有价格，僵硬的判决
还有折扣，一种公然的背叛
还有保质期，一次预设的死刑
还有购物车空虚的怀抱
还有商标上假笑的爱情

现在你去结账通道排队
听见信用卡们依次发出尖叫

你知道这并不令人恐惧
就像欢爱中对死亡的莫名礼赞
总是逼她们说让我死让我去死吧
而你除了愕然还有一点沾沾自喜
在一刻钟内恍然自觉是个小小的君王

塞班来信

那封信并不是从塞班岛寄来的
但两页信纸，淡黄色粗糙而又绵软的信纸
真的来自塞班岛，一家庭院葱茏的度假酒店

她写到了七色海和万岁崖
写到了土著人的肤色和碎玉倾颓的海岸
写到了天宁岛废弃机场上的大片藤蔓植物
是的，天宁岛——一个被时间清洗过的名字
我们更早知晓的是另一个——提尼安岛
一个和远程轰炸机和原子弹组装在一起的名字
一个和广岛的橙色落日组装在一起的名字
现在，它被藏在天宁岛的后面
藏在游客拥塞的海滩后面

那封信被带回国内，带到南方
她说我不知道哪里还能找到邮票和邮筒
那种原生的还乡路
告诉你时间原点上的那些纹路和疤痕
和碳素笔在信纸上滑行时的生涩与欢愉
好在快递随叫随到
手机短信滴的一响，我就知道
这段含混而又真切的杂念已经被你打开了

生路与岔路

最初，文字是密语和咒语
是我们挂在丛林中的星斗
值得神鬼夜哭
值得上天赐我们一条生路

后来那条路上花团锦簇
充血的爱欲像工蜂一样不知疲倦
漫天花粉结成一片星云
那些街市的呢喃
那些工地的顿挫
那些农妇的调笑
那些士人的乡愿
那些讼师的证言
都结伴升天
一场大雾
围成巨大的茧房

现在，我们用手扒开茧壳
披沙拣金，鲜血淋淋
把那些密语和咒语翻找出来
带着它们一起逃亡
成为我们怀里萤火般的诗篇
照见一些岔路
想到一些生路

琥珀时间

晨光在擦东边的窗子
缓慢，听不见一点声响
这个清晨，时间像一块琥珀
凝胶里到处都是被抱住的钝痛
你也在其中，手指和脚趾

被慑住的五官
都放弃挣扎
但都醒着
直到窗外轰的一声
橙色的火焰
布满天空

入夜

入夜，失血的CBD和失眠的居民区
一起咀嚼时间的碳化物
那些春天和秋天
那些河岸上被泳衣和光裸的小腿
轻轻敲打的淡绿色的下午
都在发出喑哑的嘶吼
一些结晶体站了出来
把失忆之爱挡在身后
它们碎裂崩解
发出永逝之光

二环路，城市之河
河滩上到处是牙齿的漂砾

是否有另一只影子等它

我去所有房间巡视
每推开一扇门
影子都率先冲进去
然后无声地趴在地上

没有另外一只影子在等它

它双手平伸呈拥抱状

像是要抱住地板上的自己
又像是要穿过地板
把自己连根拔起
我就那么站了很久
听见它似有似无的呼吸
后来，我趴下来
脸贴着它冰冷的脸
手碰到它冰冷的手臂
就这么待一会儿
我想让它知道
我的体温不是秘密

窗外，对面楼宇的窗子都亮着
主人们都在干什么
或许都像我这样
打开每一扇门
看看有没有影子藏在那里

施施然的诗

SHI SHIRAN

死亡是一种教育

惊蛰，疫情还没结束
午餐我们谈到了耶稣和释迦牟尼
他那么年轻，眼睛仿佛初升的星辰
那种破土发芽的力量支撑着他
尚未经历过失去
我们小心翼翼挑拣着词语
低垂视线
小煎鱼在白瓷碟里不规则排列
一种不透明的情绪在弥漫
抗拒与犹疑对峙
终于，我们以夸克和量子力学
成功回避了真正想要谈的
我们表情轻松地望着彼此

隔离

一夜细雨过后。阳光
如期照亮灰蒙蒙的天
惊起鸽群在湿润空气中
斜斜地飞
又像一块布落在楼顶

我在窗前望着这一切
30多天了。连日来
死亡攀升的数字已使我
习惯止步于此

我在暗夜中久久地祈祷

为隔离在武汉的人
也为所有的人。医生。感染者
他们是儿女，也是父母

众生被困厄
我看到光。也承受着黑暗
此时我所在的楼就是所有的楼
我是人民中的一个也是所有的人民

悖论

他说了一句想说的话因而
被无数双手抛至愤怒的峰顶
这背后有权力的纵容也有
随波逐流的口水
他们惯常用一种正确反对
另一种正确。用这个自由
反驳那个自由
当你试图注视
他们面目模糊如同你正看向深渊
我为我永远也无法理解一些事物
感受到活着的耻辱
而这正成为我们越来越庞大的日常

云林寺

昨夜的雨滴已渗进砖土
敕造的威严还停在明代的灰屋顶上
我们来的时候，鸟鸣
飞上院内几株高高的白杨
想必是晋北的口音

往前走，你会爱上这一处

围起来的寂静。多年前来过的人
又走了。琉璃，明瓦
和墙外的黄土残垣
交替呈现出人间的秩序

檐下红木廊柱开裂的部分
不知在黑暗中
忍受了多少孤独。斑驳模样
是长了皱纹的灵魂
固守着画壁上的水陆道场

而大雄宝殿向众生敞开着
殿堂端坐的菩萨
刚刚隐去了金身
这些年，俗世男女们走了又来
宽袍大袖换成了牛仔裤
只是相互不再认识

只有空茫的大雪配与我对饮

我喜欢写诗，让针刺进
日渐崩塌的心灵
我喜欢行走
有责任替死去的母亲
把身影拉长在更大的版图
我喜欢看柿子高高挂在
路旁的树枝上，小鸟啄破的地方
更猛烈地吸收着大自然的能量
我喜欢爱人是温柔的，在我之后
再挂断电话。我也爱我的国家
虽然还不曾赞美它
喜欢流泪
喜欢在伤口愈合的部分撒盐
但绝不哭泣

我喜欢在下雪天饮酒
只有空茫的大雪配与我对饮
我没有仇人。即使
你将我视为眼中钉

初雪

它轻盈地落下来，在屋顶
树枝，和纵深的街道上
声势浩大的白
白得仿佛不谙世事

车辆和行人消失了
田野也空旷起来
墙角几枝晚开的月季
花蕊顶着薄雪
宛如僵住的笑容

多么陌生而新鲜的世界
纵使不久后，雪会消融
就像爱情，从虚无中来
又向虚无中去

阳高之夜

这里的夜风有如陈年的汾酒
力道稍劲。其中
必有一些我们尚不知晓的事物
种子在破土。杏花在无人抵达的地方
飘落。生机勃发的理发店
此时隐匿在红绿的霓虹里

农夫收起农具。快递员回到了
某个窗口，垂下的帘幕后
铅笔盒发出童年的回响
我们说笑着走在空如回响的
雨后的街道上，讨论诗歌
小说。为白天的率真，抑或鲁莽
而争论。在这即将睡去的县城，路灯
发出赤裸的光芒
夜色删除了多余的一切

打铁的诗人

——悼诗人祝凤鸣

烛火通明。你一个人在柳树下
打铁。以铁击铁，手握词语的
千钧重锤，把月亮打制成
思乡的模具，把词语的废钉子
打成满天星星
一锤一锤，迸溅的火花，面对人间的

山河——都是惊雷！
河水，泛着冷光。而火苗是热的
心脏，代替铁，猛烈地跳动。是你
长发如鬃，替代驿道上的瘦马
——“丘岗夜色正浓”。展现乡村
微妙的肌理。所谓的

几声鹤鸣，不过是从一处灰瓦
抵达另外一处灰瓦。只是你
尚置身于锈迹斑斑的铁中，敲打
以汲取草木的清辉
一些种子在凉亭镇破土而出
“其葱绿成长
还得赖以远方来风”
真正的你
活在繁星之中——
呼啦一下舍弃自己。乡村的铁砧上
还躺着一块烧红的铁
那是夕阳走完它预设的路程

人间窑

晚霞是人间的窑火，住在山顶上的
一对夫妇，焚烧得要热烈一些

每日，最早被晨光之线缝合
瘠贫，炊烟会自谋一条生路

碎石与炭碴，遏止艾蒿
迸溅的蓬勃气息，但清香味犹存

微苦，正好于夜晚伴月亮清洗尘埃
清冷的窑厂，有足够的耐心

与一天星辰对视，听它碎玻璃的
清音，滴落在湛蓝而孤寂的窑顶

而山脚灯火如沸，大雾遮蔽
香火鼎盛的寺庙和一畦清苦的莴苣

每步石径都生苔藓，都有落叶覆盖
仿佛窑火就要止熄于这巨大的呼吸中

在峡谷中

非离人、战乱、漂泊，无法得此
清流一涧。云影在谷底

徘徊。巨峰秀林倒映深潭里的
一条条大腿，而秋虫一阵惊慌的鸣叫

牵出百年图景泅染的一间
清凉旧居。顽石的雨后之润

怡人耳目。偶入山中，她的背部很紧
她的臀线完全符合八月的审美

黄昏的秩序

山顶寺庙的耳蜗，还在收集
晚归的鸟鸣。风，贴着地皮
剃刀片一样，将远近的
山石和草木的
发须，剃了个遍

俯瞰抑或仰视，不过是飞翔之物
跃入群山的方舟。湖水
不甘沉沦，摄下这
平淡而精妙的一瞬

晚霞用复眼，用独特的
放大器，挣脱人世
画布的幽蓝

最后，还是坡地上羊群的钟声
缓缓敲下沉沉的落日

夏夜功课

蓝星挣脱宇宙之引力颤抖的寒光犹如
亡灵在暑热的
乡村稻田里——飘忽不定

我仅索取遗漏在
指缝间的一点点清水
不要蜷缩，也请不要从青石的

井栏处——滴落
村庄裸着，攫取神秘的浮力，我和
妹妹追逐着，跳跃着

用小小的玻璃瓶收殓这一粒粒
忽明忽暗的
尖叫

苍山负雪

晨光：有一万个理由
把群山和他的子嗣拉入怀中

冰消雪融，老泪横枝
每块岩石，都生铁一样

匍匐。如囚衣，如煮血的汉字
在异乡，在这个羸弱的春天里

刺猬

从那一身乱蓬蓬的刺中
我能看出——
你在挑战世界的坚心

与草色相融，盛夏夜
探出尖细的小脑袋
狭长的鼻骨
仿佛一串旧钥匙挂在
门洞的阴影里

确因自己也有一身刺
我想走近你

在一块庄稼地的豁口
看着你背着
那么多的银针满世界去针灸
像个土郎中

累了，就捉一只虫子下酒
在豆科的栅栏里
释放一丁点欲望
萤火虫点亮烛光
只是，这一身
尖刺，被月光调制的琴弦
拨得又酥又痒

咬着新芽与星光
警觉，在险境中收缩
四肢和短尾
将自己躲进一个滚动的词
却又似乎静止不动
唯黎明，在不息的鼾声中放下螺旋桨

哀悼一只白犀牛

仅是活着。好在没有同类了
衰颓的肉体，伤裂的
四方形嘴巴，依旧在找寻
更茂密的青草，身披重甲
却无法与最强劲的对手对决

只能抵御蚊蝇，四肢巨柱
企图从古老的时间之眼里站起
篡改一架老钟表的运行
而生存之索犹似野乔木疯长
尚不能阻止三吨多重的自己

细沙一般流淌。仿佛世界
——正在沉沉睡去，或只存在于
严峻的失修状态。整个非洲，它
再也无法找到属于自己的
影子。甚至不需要牛椋鸟

站在它的哨位上，或盗猎者的
子弹卡在虚无的脊骨中
现在它仅凭被锯下的小半张脸
——那只角活着。在你的展柜里
被雕成精致细密的模样。

谣曲：献诗

这走兽、飞禽、草木；都暗含
人间的欢爱；这街巷、石板路
窗帷、霓虹的回音
让一个流浪少年
喧嚣的情爱，瞬间
得以笃定。掬一捧浮世之光
边地古城，通体
清澈。在小街的芝麻客栈
你后悔：跌入漩涡前
没能打量一眼——
她裙裾上，浅蓝的碎花。你满怀羞愧！
而石拱桥和垂柳，都美得那么恰如其分

雨蝶

那一年，在雨中，在自行车
艳俗的红把手上，我驮着你
穿过雨幕。穿过了一只蝶
所能穿过的隐秘边界

路灯，埋伏着谦卑的光
欲望的瞳孔，朴素又迷离
指尖裹着透明的浴衣
及笄的唇，童贞的电流——
花萼从心瓣上穿针引线，我止不住
震颤的翅与舌尖，不安的枝条
关闭雨水和灯笼。一把断水之刀
不着痕迹，需用一世来解渴
那就做它来世的冤家，啜饮一万年
而破茧之蛹，以人形撤退
每扇动一下翅膀，就减去一份前世的重量
直到从墓冢里抽出嫩芽，这才放弃了
紧紧依恋的群山，与湖泊

衣米一 的诗

YI MIYI

栅栏

栅栏的样子很奇怪
像是长在那里
它没有根茎
不蔓延
不长叶子
不开花，不结果
在时间之上
只呈现新旧
不呈现生死
在我将它
无限放大的
某一个瞬间
它与古希腊神庙遗址的柱子
重叠
它们有了
毋庸置疑的相似之处

杀死一个海

杀死海
杀死它留有
海草青味的嘴巴
杀死它蔚蓝色的眼睛
它正看着我们
它的眼睛过于大
过于深
过于干净
像一个孩子

面对一个
眼睛又大又深又干净的海
我无力举刀
我泪流满面
我一生
只能是这样一个人
海被别人杀死

一块鱼从A地前往B地

一块鱼离开一条鱼从冰柜里出来
裹上一个保鲜袋
外面又套上一个保鲜袋
一块鱼进了旅行包
然后上了和谐号列车
一块鱼从A地前往B地
从A地到B地需要两小时
一块鱼离开一条鱼它去旅行
在旅行中它渗出血水，变软
开始苏醒。隔着袋子
我触碰到它从里往外冒出的冷气
冰凉，无言，凝结成泪珠
一块鱼彻底苏醒了
该怎么办。它不完整
挨过刀子，又被困于
方寸之间。它既不能游动又没有海

秘境

你对我多次提到木麻黄
你说记忆中的海边
长了大片叫
木麻黄的树

你一边说一边用手比画
那树的高矮
那树林的大小
那海边的寂静
你说，星空下
只站着木麻黄，和站着你
我看到星光
在你的眼睛里闪烁
一次，我们在海边走
你指着一棵像松树的树
说，这是木麻黄
又说，没有被砍伐的树
就是命大的树
我止步，辨认
想象着一大片树
如何变成一排树
一排树如何变成一棵树
一棵树如何
等待那个砍伐它的人

活过的刹那

保罗·奥斯特说
每当有人问
其朋友斯皮格曼为什么要抽烟时
他都必答
因为我喜欢咳嗽
读到这里，我哑然失笑
多么可爱的人啊
知道自己的弱点，并为这弱点辩护
知道自己不可改变
就接受改变不了的自己
你为什么要写诗
因为我喜欢独处

因为我喜欢自言自语
因为我敏感，脆弱，易受伤，我喜欢自我疗伤
我试着有人那样问
我试着自己这样答
活过的刹那
一个刹那，又一个刹那
我知道我，在干什么

婆婆

婆婆坐在她的轮椅上
在二〇一七年的夏天
海南岛的热风
吹进屋里
又被空调反复地降温
她双脚水肿，腹部积水
众多的老人斑
让她的脸仿佛落满灰尘
生病和老迈，像亲姐妹一样
不离左右，照看着她
她没有力气说滚开
她将头靠着椅背
灰发和白发垂了下来
摔坏过的股骨弯曲着
足够丑陋，但她
正努力吃着饭菜
医生说，八十三岁，足够老
不用再动刀子了
让她吃好喝好
尽量减轻肉体的疼痛
谁都看得出来
她肉体深处
一天比一天贫瘠，衰败
她生育过三个孩子

其中一个被我爱上
这是奇迹。她老得
这么彻底，无望
像一本破旧的生育史
不可修复，也是奇迹

女儿

女儿生气时
会说“你为什么生我”
如果是生我的气
她就说“我可没有让你生下我”

这是生者和被生者的关系学
我无言以对
我还远没有掌握那深不可测的道理
远没有学会做一个轻松的母亲

我只是不停地爱她
学习做她喜欢的食物，聊她乐意的话题
我得强大，健康，长命
看着她恋爱，结婚，生子

我押给这个世界的人质
就是这个孩子
我得不停地祈祷
即使“大笑和寂寞很相似”
行善和作恶的人都没有带给我们想要的结局

淹没

7337次列车4车厢的
11A11B11C位置上

依次坐着一个陌生男生
我，和我的女儿
男生一身黑衣
戴耳塞，始终
悄无声息地刷手机
女儿穿长款黄色T恤
始终在看一部美剧
英文对白中
交杂着惊叫声、喘息声
痛哭声、和狂笑
那显然是一个
不平静的人生。我
望着车窗外飞逝的
草木，以及海水
在重构一首诗。它最初
是辩论性的，现在是描述性的
这期间，列车进入隧道
发出轰隆隆的声音
比美剧对白更响亮
比惊叫声、喘息声
痛哭声、和狂笑声都响亮
淹没了所有

布偶猫

纯种布偶猫，拥有盛世美颜
身价昂贵。其中一只
从一个著名城市的
一个富足人家的
七楼掉下来，摔死了
当它看到那个没有关严的窗户
就跳了下去
当它看了一眼外面的世界
它的灵魂

就先于它的身体长出了翅膀

火车去哪里

坐着火车，想起
另一个坐火车的女人
她金发碧眼
因为恋人出轨
而离家出走
她将自己用过的东西
分别装进一个个大号垃圾袋
房间越来越空
垃圾袋越来越满
很多个黑色垃圾袋鼓起来
靠着垃圾桶
她扔掉身上的旧衣服时
让我联想起一条蛇
怎样蜕去旧蛇皮
幸好不是冬天
幸好她不悲伤
靠着车窗，我想起
我确实见过这样一个女人
在一部法国电影里
穿一身新衣上了火车
她决定去意大利
古老的那不勒斯

安放

五月仅剩下两天，我仍然客居在另一个城市
离人间近，离天堂远
连续几天大雨
并伴有低闷的雷声

雨雾弥漫，所见之处都变得不清晰
人间像一座废园
雨水像是一个擅自闯入者
那天，几个人
在雨声中讨论殡葬方式的变迁
你说火葬把人身累积的能量浪费了
一把骨灰，虫不能吃
又转化不成肥料，还得用火用电
她说，现在开始流行树葬
就是在地里挖一深洞
人死了直接入土，不用棺柩，上面栽树
第三个人在她们之外
第三个人认为海葬最好
死后被海水包裹，然后葬身鱼腹
这是一个喜欢水的人
当时她脸朝窗外，看着雨
心想，废园被雨水接纳，包裹，也是最好的安放

周平林 的诗

ZHOU PINGLIN

关于乡村某个时段的白描

粮食生产了多年
那些耕具逐渐消隐
而在某个夜里，石墙和断木的转身
那些应手的活
横竖着，都在印证土地腐烂和新生的气息。

城镇化在河床下确立
陌生人反复盯紧一些枯树上的锈杈
他们发现，沉寂的背面
一个照亮的影子，让流水靠着乡村游刃有余。
话题沉重，蔓延的炊烟在风中反射
并一成不变反射到幻想的深处……

我对春天专题的深刻

桃花复制春天
一把新漆的木椅，在生活的窗口下
遥看那些疲惫的人，静静地与春风靠在一起。

政府会议中，旧墙头的标语
依然在熟悉的街道穿越与往返
有人期待遇见什么，又期待被谁遇见。

其实，显示的风口浪尖
它提供的是一个合适的非同寻常
由此，汉字往后的一系列高温
再一次显现我们的生活，在北风和南风的
碰撞之上。

我摊开周日的图像
光芒总在刻画一把传统的胡琴
他乡、家乡。奔波的上帝啊，你爱不爱我？
只有你的生命
在缓慢地、缓慢地随我对人和神称颂……

油菜依然花开

田地少了，抗争过后的兄弟在工业园
用废油残液拼贴单色画
三百米处的老屋前一夜之间
油菜花开了。

玻璃墙外的光线严肃而迟钝
水沟越来越小，机器声在无限增大
以一种碎片的形式想象
女人们提着泳衣经过油菜花地
我把拖拉机开出没有污染的农场
有时候沉迷于酒或咖啡，这不是成年累月
还有我的女邻居在屋里
她肯定在窃听，我是否在家。

而一夜之间，所谓的咖啡馆门前平缓的河流
最终失败
田地少了，抗争过后的兄弟在工业园
用废油残液拼贴单色画……

乡声　乡绅

那只是一些影子落下
但我能认出它的声音。
那些土墙，石灰字
三年、三十年，我们挨得这么近，又痛得这么远。

望天而收，风和鸟飞走又回归
它们依然记得灰黄的乡声和消逝的故人

但我一直在平静，平静地怀念
那些旷野永不消逝的消失
于是，我撕开一封信
于是，目光最恰当地停在邮票上。

岩层之歌

指针在我心脏里跳动：
她说她愿意在圆中，
通过高窗，眺望阿斯哈图
垂直的曙光，和独立的
冰石林。她说她愿意，
因为在心脏里，她可以回到
雪光指引的黎明，并在白桦林，
花岗岩，和冰臼群，
看守的天空中，给地上
吃草的羊群，沉睡在岩石中的
火山写信。岩浆：上升，冷凝，剥蚀。
她说她愿意拥吻我，
以弯曲的胸针。她愿意。

少女葬礼

你让我的爱，慰藉哭泣的母亲。
你让我的爱，目睹光的影子，

像一条云蛇那样，缓缓吞下
喉咙里的青石。那无法治愈的，

你的血液，仿佛荒野的石碑上
湿淋淋的地名。穿过晨烟的光芒，

使我眼前的月季花，在灌木中，
被血癌遗忘——那宽大睡衣的，

那黑夜的，祖母绿的吞噬能力，
命令我吮吸白色墓地上的花蕊。

多么安静

午夜的房间、人影多么安静
坐在房间里看烟灰落地多么安静
茶几上摆放的葡萄、酒杯多么安静
墙壁和墙壁上的挂历、蜘蛛网多么安静
书桌上的避孕手册、U盘、电脑多么安静
地板上的拖鞋、袜子、脚趾甲、毛发多么安静
一间15平方米的空气和空气中悬浮的头皮屑多么安静
单人床上的胸罩、咪康唑氯倍他索乳膏多么安静
梳妆台上的梳子、大宝SOD蜜、眼影、钥匙多么安静
窗户上我写的汉字，还有吹进室内的风多么安静
女人的连绵尖叫和她背后的夜行货车，多么安静

复活节

医生说：满树的石榴，
已长出部分的脸
和手。我靠窗坐在楼梯口，
心跳声，对着群山。

树林里，燕山的南方
蝉鸣，好像雪中的
儿童。但是时间，没有边界，
磨出许多锋利的

剑刃，在我们的身体里，
堆积万道雪光。
当酒精，麻醉体内的
正午之时，我放慢了

夜行。我带上时间，我的棺材、疾病的
性格和身上的月光，
举起斧头，噢：一片雪白的
大眼睛，安静地出神。

向水面

堤岸上鲜花绽放。花环
为死亡囤积香气。他与水面

对坐，观望盲宅失窃，
寻觅丛林里的绿色面具。

他说，他要引爆炸药。
叶色浮沉，类似暗道。

白刃游动，一个人枯萎得
像普洛塞耳皮那，以胃镜左右微风。

她的全部被她自己升起。
她在逐渐扩大的凄哀中，闪耀蜻蜓。

飞马穿过山雨，漏掉的
碎石，如同少女身上的银器。

农历日

夜口紧闭，柱形的影子
立在路灯的视觉里：雾或气，
向上拉开天体。网，

湿漉漉的，某个日期里，
先知的尿液，再次经历雨刷器。

电风扇切近海芋，体操

运动一群海豚：色即是空。
我在寺庙里梦见过神：鱼从秋天的
东湖，爬进了山洞。肉体里

漏风的窗口，努力压缩着
初夏的风。早上吹散的烟灰和剪掉的
昆虫翅膀，在百合树的

根上阴阳交会。吃人的物质，
犹如趾间移动的真菌。三尺高的灵魂，
毙命于三尺高的权利。

时间在星空里，如同会飞的
钥匙。月亮精密，我用菜刀削去变坏的
法律……侵入宙斯的女儿。

长夜上

安静的，不安的，
倒向无头之体。

疾病迅速步入
修仙之境。危楼内壁

呼啦啦的水管
响彻梁祝。你将手

插进刺眼的晨光：
站在甘渊洗澡的

羲和，打开日落。
欧特碧在长夜长生荻木。

雪女自空山飞舞，
封堵生路。从此，

黄连的苦，如同诅咒，
叠加你我的一生。

很多山魈啃，就像一堆
头痛，正雇永恒轮回。

幻象

秋后的湖面上，几株枯败的荷，
神色静谧，宛若鸟雀。

她在光中，静如筛状宇宙。风从后，
舰艇不断地撞击着湖中的波涛，

和吻一样大小，有虎潜行的美洲。
少年的疯狂，停漏在黑夜的胃里，

将万古愁酿成着火的麋鹿。第二天清晨，寻找谷粒的飞鸟，
在大片的雪花里打滚。

山下的树丛中，乳蕾闪耀，竞发回响。树枝上的阳光
稀少……“少许的，只剩死的气息”。

南方，一九八八
（给三舅）

头痛　如期而至
骨头里的　淘气鬼　如期而至
安静的　土豆　削去的睡眠
如期而至　从大火里

取走　年龄　蜂鸟　如期而至
自　盘山公路　驶向山顶
山顶上的　夜空　和江水上的
汽艇　灯塔　如期而至

孤屿山里得句，回赠波士顿

关上门，风就开始吃我
对面的窗户。山泽里，
永不熄灭的谢灵运　处处灯火通明

云层间动荡的海潮，和树林中的
峰峦，在夜晚拥抱起来，
仿佛隐藏着，巨大的星空。

我倒出瓶中成年的蜜蜂，邀请沉睡的山径。
雨丝里夜鸟的叫声，好像从我的肉中
走进岚烟的人群。

上苑纪

两年前，如同一场大雨
许多往事，停在秋日，
赞美身体。许多往事，
沉入海底，打磨黑色的
礁石。岩块上发出的
声声汽笛，如同山上的
枣树，穿过了山腰，
却被囚禁在山顶。
万道金光，住在果实里。
你从谷中来，欢乐之泉，
照亮矿脉上的荆棘。你梦见
地上的洋钉，如同蜻蜓

在空中乱飞。你梦见，
后山升起的云被光包围。

初春

屋脊上，悬挂着一道彩虹，
消失在你的途中，
而转向另一座城市。
你在她的心里，挖掘的
树坑，凌驾城市的脊背，
鼓动群鸦的黑翅，
向土壤的中心袭来，
你听到的，太阳一出现就昏暗了三次。
我们将手中吃人的
铁器，放回沉寂的箱子里。
深邃的脚踝、车轮，还有人群，
交出你，就必须跨过你，
树枝上久久的歌，
头顶上明亮的光，
拒绝生存，必须跨过你。

日光灼灼

日光灼灼，肉铺里的铁架上
悬挂着的黄昏，缓缓涌入
我们的大脑。盘旋在我们

大脑中的长蛇，吞噬着日落；
日复一日地，吞噬着血淋淋的
日落。日光灼灼，湖边的

铁匠铺开着门，当我们转身，
大海便从我们的眼中涌来，

澎湃的潮水，撞击着大海的

墓碑。日光灼灼，山脉沉没，
天空中，祥光忽然一闪，黄昏的
缺口，开始向这世界喷火。

身位

往前看，时间注定不够我走到海边
但我不能停止向往那片蔚蓝
能控制的只能是在减速中回望
简单收拾一下青葱的过往
为了给身后亲爱的丛影
一个尽快赶上的逗号

我处于这种进退失据的身位
树木仍一茬一茬向后坍塌

生活的浮力

密度、重量、体积以及形状
在引力作用下会产生不同的结果
特别是遇见水，或者在水中

年轻时常常痛苦演算这些几何
现在重新在生活里实验
为何巨舰能在水上逍遥
石子注定沉入河中

我不知道该怎样向孩子解释
若不成为落叶或浮木
那点可怜的重量一试滔天
就会在浮力缺失下沉沦

人近黄昏

天色已近黄昏
走着走着就成了寡人
月牙死死按住我的影子
充当此刻迟暮的史官
一枚叶子率先黄了
无论往哪个方向飘
都会跌入埋伏好的罗网

潦倒像时光一样在身后穷追
过往和前途都是一条老路

读好诗

当我不安或者迷茫
就坐下来读诗
我积攒了一些好诗
它们能让我很快静止

我能背诵这些文字
它们是我的医生
我的导师
我的初恋

赶工记

中途改良的晚稻熟了
主人视庄稼为他们的节日
镰刀半信半疑地砍向我
是一起卧倒
还是暗暗老去

我奔跑于空荡发现时间也很慌
它似乎也在后悔
怀疑来日方长

工人已经下班，农民还在努力证明
离天明是那么短暂
我要赶到的工厂区域
远远望去如此漫长
仿佛另一个白天

这些年被我遗弃的和重新启用的
分明已画在大地上
我不知是星星还是灯火

洪湖

走到洪湖
我就不想再走了

走再远都是别宫
跑再快也快不过星云

我不想再走了，就待在原地
青春可笑老境无求
我不想再失去散落的童年

在洪湖，荒野是那么熟悉
邻家的柿子树有天然的阴凉
总有一条沟渠流着同样的血液
我的乳名就是袅袅炊烟

走到洪湖
我不想再走了

这里应有尽有
这里已足够我想象

傍晚在田埂散步

这是一条儿时常走的路
如今已是废弃的田埂
我要穿过麦地才见识空旷
油菜花和枯芦荻相衬飘摇
傍晚，我情愿被这种春色覆盖
一边是欣欣向荣
一边早已腐朽
事实上在所有真实的岁月里
它们共存不仅仅为了呈现
而是因为命运
就像豁达的春天
希望与险恶往往堵在同一个出口

樱花来信

等不到你
我就先走了

春天提前涌向天国
我比以往任何时候都美
裙裾轻抚一地伤感的素白
只与天籁发生关联

可惜了这绝世修行的局部
可为盛春背景，尽是泪目划过

三月的姐妹们已经拽我了
我们约定来年

你在
完美就在

骨灰盒

失去一个人很容易，拥有也是
你看看他，已瘦成一个盒子
像小小的碗，盛过最幸福的天下
现在，这口碗里只剩灰尘

摆摊

这个热词让我想起青春
父亲的一车白菜就是整个上午
我和诗句都盯着别人碗中的粮食
饥饿的人没有爱情
包括色彩和眼光
常见路边的摊点在风雪里狂跑
几十年了，那颗捂成一团的良心
仍钟情最地面的散碎

荷

我是荷，水的女儿
为夏所生
当乌云、暴雨漫过头顶
时常有清泪滑过
这说明我缠绵
但绝不让风尘留痕
在盛季无论多么溃败
人们忘不了
我的深宫和清洁

与儿子一宿谈

同学们骑着自行车
在江堤上像风筝一样
有时约上女生游泳
偶尔滑滑旱冰
而他因父母从前的决断
形单影只只剩下羡慕

生活变得如此狭促
就像我们先后陷入的鸟笼
现在教他
已经来不及了
要飞，
就是跌跌撞撞

算术题

我有三个孩子
一个在城里陪着前妻
一个在城乡接合部由外婆抚养
一个在我们膝下

我的时间支离破碎
孩子们也是
我的户口簿是一道算术题
我的债务也是

流淌的时光

这个时候
一个字的唱词都显多余
所有的音符在心海里
缓缓升腾
大自然的旋律在血管里
汩汩流淌

半空中
朵朵花瓣像雪花一样翩翩飞舞
森林深处
正逢百花盛开
花仙子在花儿之间轻歌曼舞
比半空中飞舞的花瓣还要妩媚动人

不知何时
森林深处的那抹绿色开始向四周缓缓流淌
漫过小溪草原村庄山冈
漫过梅花鹿小白兔大山羊虎子哥
漫过枯萎凋零腐烂和死亡

这个时候
不需要过多的光照
几只萤火虫就好
这段时光
不需要张开想象的翅膀
闭上眼睛静静欣赏就好

泥土

夜深人静的时候
我用手机百度搜索“泥土”
百度很快告诉我
尘土和土壤
指地球陆地表面具有一定肥力
能够生长植物的疏松表层
（也借指草野和民间）

我接着搜索“泥土与植物”
百度这次给了三张图片
松软的土壤中清晰可见
水稻　玉米　红叶石楠

我又搜索“泥土和人类”
百度曰
泥土是生命的基础
生命与泥土是相互依存的伴侣
来自远古
走向未来……

百度接着细解
泥土本身只有物理特性，没有“哲学”
但人类与泥土的关系则是大哲学
人类处置泥土，运用泥土，驾驭泥土……
处处体现了哲学:
博大精深
千变万化

这就是朴素的泥土

我真不敢细想
明天一早从九楼下到一楼
想亲近朴素的泥土却又挨不着的那种失落

会有多沉
会有多重

雪花

如果一个人能够活在另一个人的雪花里
事实上就是另一种存在
而这种存在
有时比活在身边更为实在
更为鲜活
亦更为久远

非时间的永恒

我想
人类如果没有念想，或者思念消亡
那么他的内心　就能得到安宁
就可以进入非时间的永恒

而当我们开始探索一些神秘的未知的领域
灾难亦会同时降临
人类的安宁随即打破
永恒的时间在第一时间被激活
人类思想的光芒将照进地球上
每一个角落，包括每一个梦想

口罩蓝

疲倦戴着口罩睡了
梦里惊惧使世界更加恐惧
你一边吃着手撕牛肉
一边亲着张开小嘴的大鱼头

却不在我的怀里

河水深不见底奔涌向前
片片红叶随波逐流默默无语
我不会游泳
河岸开始崩塌
青草掉进河里迅速改换了色彩
没有一成不变的画面
没有一模一样的河流
你微笑着站在河的对岸看着对岸

天边外

火红的太阳
被重重的乌云挡在了天外
昨天黄昏　晾在窗栏内的一排袜子
已被黑夜全部烤干

天渐渐透亮
接近半空的几只蚂蚁
系着一根安全绳
在空中劳作
看不清他们的眼睛和汗水
只隐隐约约听得到金属类的撞击声
被脚手架包围的是即将面世的高楼

高高的山顶上
一对对青年男女开始滑翔飞行
只要愿意
他们可以降落在任何地方
比如清澈见底的湖边
比如鲜花盛开的谷底
比如青翠欲滴的草坪

搬运钢管的蚂蚁

从这个角度看过去
几只辛勤的蚂蚁正在搬运那车钢筋或钢管
就像你我一起搬运那些甘蔗皮和小树叶

这个早晨还没有日出
灰白是世界的底色
灰白也是你我的视线
世界变来变去
太阳始终是阳光的主宰
水和空气相依为命
叶绿素在星光里四处奔忙
小鸟儿轻轻飞进梦乡

那位无暇早餐的小蚂蚁
在这颗蔚蓝色的星球上
谁还忍心惹你神伤？

一张1987年的中学毕业照片

记得那天的太阳光格外烫人，刺眼
几乎每个人都略显生硬地侧着身子
在这张长长的黑白照片里
已经没有一双眼睛能再与我对上暗号
没有一张嘴能够在照片里
向我发出一声同去同去的嘘声呼唤

在那个几乎每个人都在闷头
搬挪凳子椅子，木头和木头挤撞出
各种声部与杂音的正午
只有一台平行移动的宽幅照相机
带着肃穆的表情，抹平了所有声响
棱角、立方体和鲜活的色彩
我们同时聆听口令，屏住呼吸

一切都被压平在一张照片里
数十年来也几乎没有变色
黑仍旧是黑的，白也还是白的
但我终于发现了一些重要的人
坐在角落里一直被我忽略
一些曾经活蹦乱跳的人
现在，早已经离我们而去
一道很大的皱褶透露出它
被折叠在箱底这数十年的灰色经历

时光像那天的黑白宽幅照相机
那个青春灿烂的时期
被扫描成一个平面，现在看
竟然是一种黑白难分的凝重和沉郁

好像每个人都已经在下意识
模仿一种数十年后的奇怪表情

而找出各种理由耍赖，卖弄丑态
把整条走廊都弄得吱吱扭扭的椅子凳子
坐着的，露出一条单薄的短腿
被后排男生分个头一层层踩着的
都已消失在那天毒辣又黑白分明的阳光里
统统掉进了老照片里倾向于黑色的部分

没有人会料想到它们后来的去向
连那一大片透明、深刻的白也想象不到
已经没有哪一只屁股再经得起它
能硌死人的间距和硬度
而且从这张老照片里爆射出来的光波
足以将那天和今天统统致盲
让你再也找不出，在拍摄计划里是
多余的，却是我们私下里商量好了的
要预留给如今的那部分细节和密码

尽管我仔仔细细地查看过了
每一只扣子、衣领、衣袖和衣襟
不可描述的黑，与布满皱褶的白
却也只剩下照片上面那行醒目的大字
一个刚刚被挖开的深邃的黑洞
把我们统统召回1987年的某一天
那里曾青砖碧瓦，多少寒酸的少年却鲜衣怒马

魔山夜雨

夜雨是一本令人欲罢不能的书
像我正在捧读的《魔山》
山上的人一天六次测量体温
地下的雨和天上的雨

如同山上的人有别于山下的人
像爱克斯光一阵儿噼里啪啦
剥下了西服、人皮和肉
下雨的声音里只剩下一本书
一副漂亮的骨架
而偶感风寒
或肺结核，是闲适和臃肿的
都迫切需要卧床休息
像我还在阅读着这本《魔山》
没有一段是出人意料和诱人的
却在密密麻麻的文字里欲罢不能
只是间或逗逗我的猫儿
那是夜雨里一小阵儿的间歇
如同晚归的汽车在夜雨中探出
反衬出雨幕的一束白光
像我粗浅了解的暗物质和量子纠缠
如果我是雨我将无法理解这白光
如果我是光也许会惊讶地发现滴滴答答
敲打着我穿过我的竟然是这样一种液体
不可理喻的存在像总是
似是而非的天气预报难得的精准
雨和暴雨都从南方来到了东北
像我的阿赖耶识里蓦然递出来一把钥匙
我四处打量的也许只有我自己
在夜雨穿过的《魔山》上原来人的
每一种再平常不过的言行都
那么有趣
陌生

崧高

大雅过后，歌颂和赞美
是一件令人难以启齿的事情
像时涨时落的鸭绿江水，深具两面性

绝不是要直抵源头接连天际
它一遍遍煞有其事地溯洄
只是体现为一种十分轻蔑的荡漾

不过是要给渐死的心一场场空欢喜
再不会有波涛一般的赞美
哪怕粉身碎骨也心甘情愿地跟随

你们曾热烈描绘的峰峦之巅
在恍惚中忽涨忽落
一会儿雄起，一会儿塌陷

大雅后，此起彼伏的山头
看起来高深莫测
一江水明明无比正确地汹涌
却如同一件僵硬的雕塑
滩涂上，一群呆如木鸡的江鸥
早已无可置喙

“精分”患者笔录

今遵医嘱，做此记录
停药后第三天，太阳不见了
然而我很少会这样不觉羞怯地
对我个人进行观察和描述
哪怕天气已有一点凉意
就像，假如让我说实话
而不是察看舌苔，且使用听诊器
我就会如实坦白
是的是的，我一直不喜欢自白派
我不喜欢他们把私家车
宠物狗、煤气阀
乃至自己的乳房发育、初潮

痛经、性幻想和其他隐私
统统带进诗里
或者说，在我看来
这就是假借诗的方式
出卖那个叫作“我”的老友
我和“我”，一向都是这么
不喜欢被彼此窥探
我更想，像这几天消失的太阳
那样蹲在乌云后面
偶尔对神交已久的一位
忘年交，或干脆就是个过路的人
掀开一点窗帘，吐吐舌头
也许我顶多接受，像躲在浓云后
那样去观想我自己
在我和他人的想象之间
只有时断时续的雨水
无所事事的下雨天和连雨季
有时可以无限接近
雨水和一个人的脸
都那么清晰地紧贴着窗玻璃
也更可能会无限远
甚至如时空穿越
一个从天而降
一个躺在八楼人家的沙发上
每当以眼见为实
或试图追究自己
我就会失眠，连续做同一个古怪的梦
梦里，那个很像是我的人
（或者梦就是这么安排了角色）
他情愿或不情愿的遭遇
窥探或被窥探的，那个总要
自命不凡的坏家伙
究竟是我们中的哪一个
这些悬疑总是孤芳自赏，悬而不决
像雨水和时钟

几乎是无因果滴答着
于是我们心照不宣
却又不得不合二为一
哪怕用平行世界的观点来解释
我又有何能说得过去的心理
要与他在身心上突然融为一体呢
我常常，为在梦里经历他的经历
而夙夜难寐，满心不痛快
不想这样子去探究
其实与我完全不相干的
某个人的隐晦心理，混乱的私生活
以及所有在面孔上
很像我在这个世界上所见过的人
他们在梦里完全变了一副模样
一向低能的，可能会变得做作虚伪
原本矜持的姑娘也许会突然掏出
让人不能一下子接受的豪情
另外还有许多绝不会出自我
却又不得不接受它
成为我们在梦里共同际遇的事情
我不得不像这两天的空气一样
平白无故一会儿变得潮湿
一会儿好像又被什么看不见的暗物质
粘连着，甚至不得不发出异响
我实在是太难以接受入侵和被另外
一颗太阳侵入的感觉了
我不喜欢他带来的另外的乌云
我们对下雨天有完全不同的感受
我不喜欢这样子笔录，冷眼瞧着自己
虽说这才是
我们中不乏幽默感的某些人
正在炫耀的方式
正像我不得不接受
梦里的一切安排
除非我奋力挣扎着，让自己惊醒

之后圆睁着双眼
盘腿呆坐在淅淅沥沥的夜雨声里
（当然，我亦不十分清楚
梦里那个我是否也接受了我的停药反应）
亲爱的你，雨大夫
或者是另一个你，云大夫
这就是我停药后，这些天的遭遇
除了我和乌云、太阳之间的譬喻
其他事情，如果不是借用诗歌的方式
在我看来就根本不值一提
远不如一场雨，还在下着
那么令人惊奇。远不如一首诗
刚刚出炉，冒着新鲜的热气
空荡荡的三院走廊里只留下患者，还沉浸在
自我感觉十分良好的虚拟语境里

试临摹轴心时代的一天

那天聊完应无所住而生其心
已是春三月
佛陀手捻一枝金色婆罗华，瞬目扬眉
比丘中有人破颜一笑
他为啥笑
那时谁也没去求证
反正草地上阳光刚刚好
而谈话结束了
一朵花更不会立文字
大家伸伸懒腰
席地而坐
说起色不异空
草没有反感
大家就又谈起空不异色
那时即便没有觉悟
肉眼也看得见

精精怪怪的异兽
像什么麒麟、九婴、孰湖和
独角兽、重明鸟啦等等
有趣的物事还有很多很多
连每个人的烦恼
也都能时时生出几颗菩提
凡心里也还装着三千世界
正如这一天
拉着街坊和行人聊天的
老邻居苏格拉底
一起交谈的人有皮革匠、浮雕工
陶器店老板和无业游民
而在这一天的东亚
有一群很像刍狗的人在围观
一个被称为老聃的人
在函谷关溜牛
老子像一棵板栗树，咧嘴时
有一个讲的是一口河南话
道可道啊，名可名
他的话里有话
一副笑眯眯的表情
恁记得是非常，非常啊
佛陀继续敷座而坐
在苏格拉底和老子中间
和众比丘聊天，晒太阳
食时着衣持钵
入舍卫大城乞食
夕阳西下，老聃骑着青牛
辞别一毛不拔的杨朱
溜溜达达出了函谷关
苏格拉底的老婆则过起了泼水节
一个时代的零时到了
耶稣背着十字架走向苏格拉底
达摩一苇渡江行游中土
用背影种下一长串葫芦

一直延伸到不识字的六祖慧能
而在东西方的中间地带
人们藏起了琐罗亚斯德
接过一朵叫作伊斯兰的花

尼采借彼之名
查拉图斯特拉如是说的①
那晚，悬空的月球好似一个细胞核
内有染色体交头接耳，与人间道路以目

①查拉图斯特拉为琐罗亚斯德的波斯语译名。

纪念一个人的2019

2019，一只蝴蝶扑开了窗棂
原来，我们家新买的二八自行车
还停在窗外
用稻草和石头垒成的堡垒、木头枪、钓鱼竿
和田野里的春天夏天，也都在窗外

这只名叫焦虑的蝴蝶
让我在人群密集时坐立不安
唯恐错过了，在水塘边的黄昏
在草丛里的光速飞奔

我们还一同
认识了一个叫作抑郁的姑娘
我们在堡垒里躲避着流弹
在春雨中寻找荒芜
在大雪中寻找梅花瓣一样的蹄印
在令人晕厥的暑热里
发现一只叫作“多多”的猫咪

它有人一样的望着窗外的背影

它的孤立和陪伴
摇摇晃晃着，在鸭绿江边的秋天里
我们好像一同穿越到了童年和
少年、青年、成年，像重新再长一遍
去和他们面对面
在文拉法辛医生和阿普唑仑护士
每天的注视下
我们在惊恐躲避，焦灼等待后
握手，拥抱，散步和交谈

整个2019年，霞光里独行的完美主义者
在空无一人的水稻田里
试着像一个刚刚拔出智齿的人
那样表达自己
一次次扔掉那把百发百中的木枪

张敏华的诗

ZHANG MINHUA

农贸市场

到处是四分五裂的尸体，
躺着，挂着，腌制着，冰冻着，油煎着，
闻不到半点血腥味。

何以抵抗这种冷漠，是熟视
无睹，还是麻木不仁？
更深的冷漠是向尸体注水。

蝇在飞，一个喷嚏，一声咳嗽，
我割破自己的手指，
闻到了血腥味。

清明

清明扫墓，爷爷奶奶的墓碑上
刻着父亲的名字，没有
母亲的名字。
母亲的墓碑上，刻着我的名字，
没有父亲的名字。
躺在母亲身边的，不是我父亲——
父亲，正被我搀扶着
走出墓园。

节后

春节后第一天上班就去乡下，
走访两家贫困户——

一家冯姓，62岁，卧床已2年，
妻子指着他说，十年间，
患脑癌和直肠癌动手术3次，
患椎管病变和胸椎结核
动手术2次，
小腿肌肉已萎缩，
瘫痪在床，希望能让他拿到残疾证，
我看见她边说边擦着泪水。

另一位单姓，75岁，迎上来
和我们握手，交谈——
担任村干部二十多年，
现在却是一名低保户，
十年前儿子病逝，
儿媳带孙女改嫁，但仍住在一起，
四年前患肾癌被摘掉右肾，
每天吃药让他乏力，虚胖。

回村部的路上，我打开车窗，
看见地里的青菜长势葱绿，
但这个暖冬，我知道
没有经过霜打的
青菜，好看，不好吃——

烟壳

她的男人曾走私香烟
被拘押，她戴着特大号胸罩，藏着
现金去解救他——
他从狱中出来时发誓爱她
一辈子，但两年后
他却爱上了别的女人。

三十多年来她仍然对他耿耿于怀，
唠唠叨叨说着这些往事。
但在他的眼里，她就像是
被他抽剩后的烟壳。

怀疑

二十七岁的父亲与母亲离婚后
没有再婚，
我曾怀疑他有一个情人——
一个上海女知青，白里透红的
脸上长着雀斑。
父亲喜欢她的年轻和率性，
教她如何骑牛背，捉萤火虫，吹口琴，
还将睡了多年的竹席送给她、
而她送给父亲大白兔奶糖，
钢笔、手套、围巾，
她喜欢吃鱼，父亲就带她去
小河边钓鱼。
——五十多年过去了，
女知青返城后杳无音讯，
而我的怀疑已无法考证——
父亲的脸上长满了老人斑，
房间里传出
断断
续续的口琴声……

姑妈

和姑妈通电话，感觉她在流泪，
“我借出去的5万元，年息1.5分，
现在要不回来了。”
“你这是贪小失大！”话到嘴边，

我又咽了回去。

退休教师的姑妈，因拆迁住进
安置房，照顾她患糖尿病双目失明的丈夫。
这几年，她越来越老态龙钟，
右手不停地发抖，我担心她什么时候
连碗和筷子都拿不住。

从小母亲离开我，是姑妈把我拉扯大，
但现在我和姑妈没有相逢的喜悦，
只有对人生的无奈。

立春

他已退休2年，我们之间的
联系似乎越来越少。
他有个曾留学德国现在京工作的女儿，
是他在东北当兵时和前妻所生，
他以她为骄傲，
想她时，就给她寄钱。

二十五年前他转业到地方，
再婚，又生下一个女儿，
他把她送往美国上高中读大学，
把她当作自己人生的未来，
想她时，除了给她寄钱，
还微信视频，问寒问暖。

最近见到他是在柳洲公园，
他专心地打着太极拳，
晨曦里，他看起来像个高僧。
立春了，公园里梅花盛开——
他想我时，就约我喝酒，
我想他时，就给他写诗。

健康路

三十年前，健康路是县城一条偏僻小路，
南北走向，路长700米，
东毗邻梅谷市河，居住着一群
曾经以船为家的外乡人，
而县医院坐落于西侧，筑起3米高
40米长的围墙，围墙中间
有一扇锈迹斑斑的铁门，平时上着锁，
当有殡仪馆的运尸车进来，
铁门才被打开——

七十年代末，健康路突然繁荣起来，
那些外乡人在家门口摆起
烟摊，有国产烟，但更多的是
走私烟、假烟。
现金交易，用尺测量钱的
厚度，或用秤计量钱的重量，
再换算成多少金额。
——“健康路，不健康。”
五年后“香烟市场”被取缔——
走私，或制假、售假者
被罚款，或被判刑。

八十年代初，县城改造征迁，
市河被填，两边建起了
商铺，健康路恢复了繁荣，
一间商铺的租金，每年从二三万元
升至七八万元，但这几年
由于淘宝店，这些商铺
纷纷转让，健康路又渐渐萧条——
三十年河东，三十年河西。

家务活

把盛水、煮咖啡、沏茶的器皿擦净
让更多的光在玻璃里
把木槿、三角梅、龟背竹的叶子擦净
就要霜降了
请过好最后几个节气
把突兀的枝干、分叉
也擦拭干净，让花瓣来年回家
能有清亮的途径

当她擦到书桌时，对着女儿的照片
伸了伸舌头
女儿的十六岁多像妈妈
仿佛自己尚在豆蔻之年
孩子没有长大成人

做一个女人多好啊
当她把一段旧时光和新一天擦洗干净
她看见她的男人从森林里现身
穿过花园
带来九月和楝树的气息

黄昏帖

有人在楼上弹奏
有人，在曲子里赶往人世

黄昏，拖着光芒缓缓离去
细米花开出的夏天，让那些走远的人

迷途未返

蝙蝠像一小块夜色，在道路的尽头
脱下它的影子

在乐曲声里，我仰望星斗
外婆说过，所有爱过我的人
都会在那里重逢

穿针，引线，用云朵织布
过神仙一样的生活

我喜欢退后一步的事物

风雪之夜，总会有人
从异乡赶来，雪铺的江南，
容易让人迷失于原乡

所以，在柴门打开后
头戴斗篷的人，才会浮现在
雪的光亮中，然后是犬吠
好让宁静的面容
有了一丝微风

我喜欢退后一步的事物，比如
一颗爆竹，沉默许久
突然说出孩童的心愿，一只公鸡
在明亮的庭院里，莫名其妙地
唱起司晨之歌

那退后一步的，比如，老牛以后的
犁耙，犁耙以后的吆喝，
机动船驶过孟岗河
尾随的夜色

都是我所喜欢的，我还喜欢闪电之后
迟迟没能落下的滚雷

我甚至喜欢，花团锦簇中，
我的表妹迟到五年
投胎凡间，我因此喜欢
姗姗来迟的那个春天

短句

我爱过春夜，朗朗的星群
它平整，弯曲
总是从平原抵达另一块平原

我爱过的流萤，在四月乡村探路
它有秧苗灌浆的气息
小小的灯笼，迷蒙，清幽

那些飘忽的磷火，也是我爱过的
亲人，
从坟茔飘过来，静穆，忧愁
它们忽明忽暗，走走停停
像寻访，又好似诀别

这些来自天上人间、土地深处的光线
这些我爱过的辉映灰暗岁月的光明
它们轻盈，并留下阴影
一路上却满怀慈悲

秋收

你要认识秋收后的原野
辽阔，荒芜

翻耕的田亩，板结的土地，
抽穗的新芽，不会再献出谷物

你要认识平静的池塘，倒映的
孤独的柳树、青草，天空在这里
会被游鱼的圆晕打破，你会认识
水面的微风

在盘根错节的沟渠，一只花猫
要夜宿到另一户人家，与我对视的片刻
显出妩媚和狡诈，
一只母鸡，被大红公鸡追逐
野合的一瞬，起了羞耻之心

在江汉平原，夕阳很大
房屋矮小，门楣都挂着辣椒
闪着平凡的光芒

这是秋天，打工的人们陆续回来
一辆摩托，又一辆摩托
缓缓地停在路边

他们为暮色所笼罩
他们成为乡村静物

火车

一列火车，在深夜
穿过旧的城市

它高悬着一盏孤灯
它的窗子透明
座位空虚

它好像拖着自己在跑
好像有急切的
摆脱不了的忧伤

在长长汽笛里，
有人在梦中翻身
有人把手
从左乳移到右乳上

感应

中午，躺在真皮沙发上
想象你穿过城市中央
巨大的广场
在地铁入口
匆忙的人群
眼神空茫而漶漫

四号线
穿过十里铺　王家湾
永安堂
在黄金口停了
它如果向左拐一下
我的右肩就会为你晃动一下

风吹在人间
好多人都不知道风的轻柔
如果再冷一些
再大一些
我的心就会为你颤抖一回

很长时间了
我们不再说话
我害怕胸口微微的疼

如果忍不住咳嗽一声
我的心就会为你抽搐一次

四周是低矮的群山和湖水
水比水易逝
风比风跑得更快
我仍然感激这提心吊胆的冬天

阳光多么和煦
照着共同的尘世
有一节火车载着我们奔跑
有一阵大风没有将我们吹散
有一阵咳嗽提示我
你此刻就在身边

归来辞

我有花田十亩、良田若干
可取屋后毛竹，作篾篓
作竹筷，春月之时
杨波兄、义斌兄、世龙兄、俊峰、黑子老弟
可炒笋芽一盘，兼作椿菜下酒，
不准大呼，不准长啸
谁要说出心中的痛，先罚酒三杯

这些年，我们混迹市井
身份莫辨，灰头土脸
请用安河溪水濯面
看自己歪瓜裂枣，从此改邪归正
着粗服，着布鞋
用竹篮打水，在水中望月
把一川烟雨，
刈了小麦，再种大豆
谁要念及世间功名，赏他扶犁三天

晨起，与树言欢，晌午，与水把臂
薄暮，借了落日作子，与山对弈
入夜，累了，就枕着小丘
睡他个迢迢青山

白云大道的俗世生活

1

屈指算来，我在这座小城
生活三十年，我在两山之间
恋爱，结婚，生子
早晨，我从白云大道出发
晚上，我从象山大道回家
这两条弯曲平行路线
约等于大半个少年
和一整个盛年

2

春天，从我居住的五楼望去
总是带着某种湿润的欲望
秋天，满城的银杏金黄
有舍不得的温暖，清凉
那些叶片，是的，我说的那些叶片
以什么样的速度到来
就以更快的速度退守

3

在白云大道上，有几家货店
诊所、缝纫、茶社，
都开在向阳的那面，夕阳落在半山

或者更低的时候
梧桐长长的影子
会爬上厚厚的布帘
牵牛花爬得更高一些
向行人弯腰说着话

4

站着发广告的，蹲着擦皮鞋的
骑车飞奔的邮差，原地不动的小商贩
我向这一切致敬，
向一切生活的细节、平庸、日常敬礼
现在，一个少女从南台路上移动过来
我想替风去按住她的裙子
我想替叶芝向她伸出手去
按住她的美丽

5

洒水车过去后，一列敲锣打鼓的送葬队伍
在比清晨更早的时间里缓慢出城
昨夜，有一个人不能自己再走出这条街道
队伍前面那个人，一再轻声对司机说
慢点啊慢点，好像他的父亲
再经不住人世一点点颠簸

6

但是在过后的曙光里，在西街
实验小学的门口，在新一天的礼遇中
传来孩子们的尖叫和琅琅书声
我爱生活赐予的欢笑
和广大的永恒的寂静，
哦，原谅黑夜宽恕了光
希望摒弃了绝望

7

有时，我会去对面的青山上
陪父亲坐一坐，在他生日和忌日
孝子，孝孙，孝外孙，都会说笑着
上得山来，磕头，烧纸
这样的时候，父亲就会活过来
和我们坐在一起，像过节一样
没有一丝悲伤

8

晨练之时，我也会在象山之上，瞭望东宝塔
目光像鸽群一样，从一栋楼房到另一座楼房
找到自己的家，如果一个窗子亮灯了
那是爱人醒来了，如果另一个窗子亮灯了
那是女儿醒来了，这两个女人
是我看生活的眼睛，
我爱生活，我爱她们

9

说到女人，必须说到水，
在竹碧河，水在动员着水，水在号召着水
水在送行着水，沿河的人们
在河里淘米，浣衣，过着水一样柔情
水一样清愁的光阴

冬天的时候，水变成无边的飘雪
安静地铺满街巷，小城的四季故事
是素白的、水晶的，有来年阳光的微温

10

女儿，我也快老了，

哪里也不去了，就守着一脉山色
守着白云大道，过我的日月
我恳求你的远方再远一点，你的信封
再黄一点，你的乡愁
慢一点；最好是，你的记忆的城市
再旧一点

张晚禾 的诗

ZHANG WANHE

数学

在一次
不提供任何食物的
聚会上
数学家们
粉墨登场

毕达哥拉斯
一手勾，一手股
身上穿着数理服
欧几里得
和笛卡尔
是一对情敌
因为，他们
都离不开
几何

定理，是
所有人中的大佬
因为他的随从
最多。主要有
以下这些:
韦达
布朗
阿基米德
……

空手而来的
欧多克索斯
用黄金分割了

祖冲之带来的
美味派（π）

整个聚会
只有他们俩
没有
饿肚子

英语

英格兰
有一个孩子
叫英格丽士
阿麦瑞卡
也有一个孩子
叫英格丽士
不过
英格兰
和
阿麦瑞卡
不是夫妻

语文

祥林嫂，在去
语文教材的路上
碰到了鲁迅
他，正带着
刘和珍君
孔乙己，和
阿Q
迎面走来

祥林嫂问他们
去做什么
鲁迅说
我们退出了
语文教材
你跟我们
一起去历史里
玩儿吧

语文教材
真是一个
牛逼的组织

地理

陆地和海洋
山脉和植被
他们最盼望的一件事情
是所有的板块
都停止运动
这样一来
气候，就会给他们
好脸色看
所有租住的生物房客
也不会一拖欠房租
就选择搬家

生物

晚饭时间
他吃了一片树叶
一只蚂蚁
还吃了

一小盘红烧病毒
突然他开始拉肚子
一查病因
原来这些东西
都还是生物
没被煮熟

化学

氢锂钠钾铷铯钫
铍镁钙锶钡镭
硼铝镓铟铊
碳硅锗锡铅
氮磷砷锑铋
氧硫硒碲钋
氟氯溴碘砹
氦氖氩氪氙氡

过渡元素
正带着镧锕系
赶在去参加
化学反应
的路上，所以
没有出现在
这首诗里

物理

一只苹果从树上掉下来
砸到了牛顿的头上
牛顿很生气
就去法院起诉这只苹果
判决书下来了

说这是万有引力
捣的鬼
不关苹果的事

牛顿更生气了
找来阿基米德
想把苹果淹死在水里
“苹果的老命
可真大，这样都
死不了，看我的”
阿基米德找到了
一根小木棍
把苹果撬到了
外太空
可怜的苹果
从此做起了
永无止境的
惯性运动

牛顿解决了这只
苹果以后
就和阿基米德
绝交了
因为他用电磁波
照到了两个人
磁场不合

“相对于阿基米德
我才是真理”
牛顿感慨完
就跳进温泉里
做起了热运动

历史

历史最喜欢和自己
玩捉迷藏
但每次玩着
玩着
它自己就消失了
它从来没有找到过
自己
它也不知道自己
长什么样

《武侯祠》补记

应该有一只蒲团，在顶梁柱后面
让下跪的天子，看一看独木难支的江山
应该有一匹好马，放牧在点将台附近
每天等着主人归来，摇着鹅毛扇
领回又一个黄昏。还应该
有一道屏风，大如国门，立在
中军帐外，挡住吹灭烛火的秋风

那几年，五出祁山，一出陨落一颗巨星
到五丈原这一仗，已无巨星可落
整个国家，只剩最后一枚月亮……

在桫椤谷聊古

说到时间，可以转世为铁树和石头
那夜我们就坐在活着的时间中
说到古今中外，暴力充斥每一部史书
两岸峭壁，悄悄换作了刀斧
那夜，夜空如铁，月亮出奇的大
人间仿佛丢失了什么
天快亮了，通往山顶的路上
仍有人急行，手里举着萤光的火把

读史

江山易主，松柏永存。
手中书籍有着兽骨、竹简、丝帛的前世。

历史越来越重，载体越来越轻。

下雪的冬天，我在窗前读史。
反对在自家院里烤火，先烧赤壁，再烧阿房宫；
反对孟姜女转世为雪花，在北风里呜呜地哭，
一哭长城倒下，二哭山河被毁……

朝代更迭如水流过。史书中穿插着两种人：
一种忠肝义胆，在石头前被砍了脑壳，如一块断碑；
一种蝇营狗苟，奸佞一生，试图用谎言，盖住脚背。

望月记

我有过半夜去楼顶看月亮的经历
人间寂寥，孤独有着
瓦蓝色的穹顶
我承认已度过男欢女爱的年岁
夜空比一个中年男人更具沉静之美
在这被爱情统治的世界上
我一次次看见：
星星改嫁深山，月亮独守空房

金句

去夕佳山，最美的事不外乎
听白鹤叫，闻桢楠香，看星月沉浮
那夜在聚贤山庄，三者我都赶上了
仿佛手里捏着三个金句，竟一时
不知如何写诗。这几十年
我反复试过，再好的句子一旦
掉进一首庸常的诗里
都会像一个人，入错了行，跟错了群
都会像一粒火，在逃亡途中遇上了雨和大风

听《水浒》

石头滚烫。一张晒垫把一家人
救出生辰纲
故事里的大汉，貌丑心善，极具孝心
远处山林传来兽叫
渴水的母亲殒命于野沂岭

月亮出来，似仙女下凡
白色的婚纱呼啦啦亮瞎人间

长夜漫漫，我送夜行者一双铁脚板
偶有披着星光赶路的人
打我的村子经过
那是日行八百的戴宗
正将救命的书信，匆匆送往东京

祈祷词

数九的早晨，天空仍然
如期打开了窗子
长江一如既往，把来自雪山的水
源源不断地运往重庆、宜昌
第一次发现低温能延长人类的睡眠
快七点了，小区仍没有行人
几缕北风在我身后，一会儿又
蹿到前面的枯草上去了
在这寒凉的早晨，只有我一个人
在为僵死的冬天送终。只有我
还怀抱着一份感激：那些高楼里的人
一直阳光一样陪伴着我。室外寒冷
让他们能多睡就多睡会儿吧
祝愿他们，一觉醒来，百花盛开

峡谷行

峡谷太空。某一瞬间，我感到
它是上苍留在大地的溶洞

在峡谷行走就是在天上行走
能自己听到自己的回声

又一瞬间，我毛骨悚然：峡谷走到了尽头
我会否像一朵白云，又重新跌落人间

有问

石头打坐，流水念经。
每读到这样的句子
我就想问两句：
一问石头，坐着睡着有何区别；
二问流水，它不识字，念么个经？
这个世界因了比喻和虚词
已经顾此失彼。
那年我在灯光里走上领奖台
台下观众亲人般鼓掌。
回到故里，有人跟我说起名气
名气是个什么东西？
那么玄妙、刺眼
如一沓假钞捏在手里，却不能使用。

入山记

是日，桃花流尽鲜血，樱桃转红
鸟鸣又重新回到山中
天上那么多翅膀，用手一指
不是画眉，就是燕子

跟随它们进山，即使马失前蹄
也跌倒在自家的森林里
山上人多，男人有一张如来的脸
女人有一张观音的脸
半山腰的小男孩，顽劣刚刚抽芽
见我们前来，他用手中木棍
轻轻敲了敲身旁的楠竹
人间下起一场骤雨
昨夜电闪雷鸣，搜查了
整个天空，一场雨原来逃往了那里

5月22日，黄昏有记

布谷停止鸣叫，群山穿上了短袖。
星星出来，眨一眨眼，天空
就脱去了海魂衫。
几缕白烟升起，大地就成了天上
那个放风筝的少年在奔跑中
找回了翅膀。几个老人
在路灯下说话
声音中仿佛有铁树开花。
蝈蝈从陇南发来短信，今夜
要约会一位神仙。
忽抬头，天边一片暗红
那应是太阳留给人间的火种。

朱庆和 的诗

ZHU QINGHE

捕鸟的人

捕鸟的人
在树林的空地上
张开一张网
背靠着树抽一会儿烟
更多时候
去林间寻找野果子
差不多的时间
回来看看
碰到小鸟落在网上
就把缠住的翅膀解下来
可怜的小鸟儿
你怎么跑到这儿来了
说着让小鸟
从他手上飞走

房子

自今日始
你要以苦痛和泪水
建一所房子
没有门
就一直住在里面

乡村猎手

父亲年轻时是村里最好的猎手
那杆猎枪为他赢来了爱情和好名声

看他经常背着猎物
从小镇的街道上走过
谁都愿意跟他打一声招呼
那时他的朋友满街都是
可是一场疾病袭击了他
被洗劫一空的父亲像村庄一样安静
该走的都走了
没走的就注定这样留下来
贫困以及贫困所带来的不安
还有这群孩子，带着小兽般的表情
告诉你们，生活往往是这样
企求得越多得到的就越少
我们的父亲——一个好猎手
两手空空地说

母亲

把菜盛到盘子里
母亲的手指
习惯性地
在盘子边划一圈
盘沿上的菜汤
被抹去
形成一个
圆形的
白色的光环
正如她心里有
始终不愿说出的
悲哀
“一生被禁锢，
到死才得以释放”

南方的渡口

南方的雨季是一桩心事
姐姐们的童年早已发了霉
未来被小心地放置在梦中
而梦则盛开在乡村贫穷的夜晚
奶奶的房间只有二姐还住在里面
面色苍白的二姐以为
奶奶只是去了一个很远的地方
有时也回来，跟孙女说一阵悄悄话
清晨姐姐们照例去渡口乘船上学
可是谁也没发现，二姐已倒在了路边
那天天气很好，大家都很高兴
谁也没注意二姐落在了后面
二姐悄悄地躺在了去渡口的路上
周围的青草，沾满了水珠

新花工

每年春天
老花工手持大剪刀
把小区里的绿植
修剪成整齐的几何体
有的长方形
有的呈圆球状
有的甚至是起伏的波浪
今年春天来得晚一些
绿植们犹豫着
要不要冒芽
要不要发新叶
它们不知道老花工
已经死了
新花工还没找到

我喜欢夜晚到田间去

夜晚我来到田间
肩上习惯扛着一把农具
给地里的庄稼
浇水，拔草或是松土
不管有没有月光
我都看得清楚
有时坐下来
倾听地里生长的声音
小动物在身边穿梭
还不时地嘀咕
这可真是个怪人啊
我反讥说傻子才在白天干活呢
黎明时分怪人回到家里
跟月亮一样
我喜欢白天美美地
睡上一觉

海边的婚姻

海边的朋友来信说
他已经结婚了
从恋爱到婚姻这是多么自然的事情
有什么可犹豫的吗
这下可好，两个人的目光
开始彼此张望
并为对方的想法所限制
没有多余的东西出现
也没有意外的心情
只有驴子一样的激情
驴子一样的高大
妻子聪明又可爱
暂时两个人都不想要孩子

但那是迟早的事情
我不能送你什么礼物
或者一些恭贺新禧的话
我只能说，朋友
你终于成为一个有目标的男人
一个有用的男人
海风吹拂着健康的婚姻
你们的故事已经广为流传

南方的暑气

我经常被一个枯燥的女人纠缠
她不断将我的热情抛洒
像一场噩梦
我的身体不断地被抽空
我在暑气之中
有如一片树叶在空中飘零
我的命运在暑气之中
有如一片树叶在空中飘零
年老的母亲捎信来，她很担心
南方的大水会不会把她的儿子冲走
灯光下我想起小时候
兄弟们身上的痱子噼啪作响
母亲就用冬天积蓄的雪水
涂在我们的额头上
灯光下，我想起母亲就会说
那时可真好啊
我将自己显露给灯光
灯光显露给黑夜
那么黑夜又将显露给谁
漫长的黑夜在刻划着灯光
灯光在刻划着我
那么我又将刻划什么

有一只小鸟忽然来到了我的头顶

有一天
我的头顶上
忽然停着一只小鸟
它一定是累了
把我的头当成了草丛
树枝或石头
我生怕吓跑它
在街上
小心地走着
不时听见有人说
这人可真是好玩啊
头顶上有只小鸟
还下了蛋
过不了几天
就会有更多的小鸟
飞出来了

旧时光

谁也没看到
父亲和母亲并肩走
即使在草屋里
也只是隔着木桌不说话
他们仅用眼神
交换各自的想法
看这个家怎么支撑下去
多年前他们走到了一起
然后彼此厌恶
就好像他们因为彼此厌恶
才走到了一起

四季是母亲善良的姐妹

看她那么忙碌
可你还要缠着她问个明白
太阳和月亮
为什么总不能见面
因为，那是因为
它们相爱

老山羊快生产了
土墙头上伸出了那么多脑袋
母亲，一个老中医的女儿
剪断了脐带
小山羊就在众目睽睽之下
害羞地来回走动
好了，家里又多了一名成员
只是它吃的将是青草
孩子们，给小山羊的礼物
你们准备好了吗

从水泥厂回家的石子路上
父亲那辆旧自行车
上下颠簸
不能骑得再快了
可他答应过孩子们
要做个好父亲
因此行人们都看见
中年男人滑稽的身体
在石子路上一跳一跳的

瞧眼前的孩子
没怎么施肥就长这么高了
好像一眨眼的工夫
可谁也没指望你们要长成
树木或者小麦什么的
只是父亲越来越感觉
自己是一只老山羊

喘着粗气
头发越来越少
问题越来越多
愚蠢的老山羊
又来到田头
坚持与高矮不齐的玉米交谈

周瑟瑟 的诗

ZHOU SESE

记得去扫墓

你要去扫墓
你不去扫墓
死者会以为你死了

北极光

梦到北极是危险的
因为我从没到过那里
没有到过的地方
居然梦见了
我仿佛返回了童年
北极折射绿色的光
把我惊呆了
我记得在童年时
随便就能梦见没有到过的地方
但梦见北极
要等到很多年后的昨天晚上
我在绿色的光里醒来
像睡在薄纱蚊帐里
妈妈抱着姐姐
还没有生下我

双角犀鸟

我靠近一棵菩提树
发现了一只犀鸟
它展翅滑翔如同摇橹

我从湍急的溪流
追到林中沟谷地带
它的双翼里
裹挟着彩虹
鸟类学家悄声告诉我
它正在给产卵的妻子运送食物
它的妻子躲藏在菩提树洞里
扒光了羽毛
如果它出现了意外
雌鸟与它们的孩子
就会在树洞里活活饿死
我赶紧后退到
它看不见我的树叶后
远远地倾听犀鸟
粗粝响亮的叫声
日落时分
我尾随它回到
被密集叶簇遮蔽的
另一棵大树顶上过夜

花朵来到人间

花朵来到人间
全身上下颤抖
植物的婴儿
在树上熟睡
它们与人相处的方式
靠的是香气
我闻到香气
来到群山脚下
太多了
我必须一个个亲吻
凡是被我亲吻过的
都已经长大成人

没有来得及亲吻的
停止了发育
我对它们的凋落
负有直接的责任
花朵来到人间
都有转世为人的目的
否则它们不会长着一张人脸
身体使劲憋着
像一个个懂事的婴儿

在黑暗里看见了黑暗

斑灶马
我在贵州山王洞里
碰到的第一位原居民
看不见它的眼睛
它根本就不需要眼睛
在黑暗的洞穴里只能看见黑暗
黑暗是洞穴的生活方式
只有害怕黑暗的人
才需要光
斑灶马
洞穴里的蟋蟀王子
它的生活不为人知
我抓起它的后腿
把它倒悬于头灯下
它出奇地冷静
我看清了它腿上的绒毛
它的触须像天线
我怀疑它能接收到洞外的信息
斑灶马斑灶马
在黑暗里看见了黑暗
你一定看见了我

山里的金鱼

山里的金鱼
仙人儿似的生活在山里
清水最养人
四月的风快乐得喜极而泣
在山与山的峡谷中呜咽
惊雷在后脑勺炸响
十二背后的雨
要等我们离开后才下
金鱼要等我们
想念它们时才会长大

远看

远看群山像生锈了
绿锈的古董
近看是青苔
树也生锈了
树枝古老
叶子吐出新绿
人来了呼出人气
群山有了反应
裂开一条缝隙
人钻进去
像生锈的
会活动的仿制品

种橘

回故乡种橘
汨罗江水滔滔
我站在江边

黄泥腥黄
白泥如脂
我把橘树种在哪里
父亲倒背双手
看我左右为难
他教过我种橘
在屋前挖一个洞
橘树苗栽下的夜晚
月亮照彻楚国
我记忆中的楚国
也就是栗山的土砖屋
母亲在油灯下补衣
父亲晴耕雨读偶尔下棋
我身披蓑衣脚踩木屐
已经是一个种橘高手
我把橘树种遍楚国
若干年后我回故乡
看见屈原站在橘树下
倒背双手
像我死去四年的父亲
身体枯瘦
沉默寡言
栗山的雨淋湿了
屈原的长脸

荷衣

我一个人睡在栗山
夜鸟在窝里转动身体
我知道它们
找到了舒服的姿势
我辗转反侧
在脑子里默念《离骚》
“制芰荷以为衣兮

集芙蓉以为裳”
我渐渐入睡
梦见了妈妈
是她年轻时候的样子
她水淋淋的
从栗山塘上走过来
给我采来荷叶与莲蓬
把荷叶盖在我身上
她看着我睡着了
才关好我家大门
消失在沁凉的夜空

屈原的袍子

我从故乡带走
一把艾草
一把陈年艾草
一路上我拎着它
仿佛拎着屈原的袍子
一件灰色袍子
我闻到了古人身上
特有的
植物的芳香
我昏昏欲睡
隐隐闻到它的气味就醒了
我艾草披身
像流浪的屈原
来到了北方

茶壶潭

我并没有到过茶壶潭
茶壶潭茶壶潭

我听大人们说
他们刚从茶壶潭回来
我好奇地看着他们
听他们说起茶壶潭的事
他们的脸上
露出神秘的笑容
我想象他们
喝过茶壶潭里的水
好甜啊
他们在心里大叫
我至今不知道
茶壶潭在我县的什么地方
大概要往西走
穿过县城
渡过湘江
我看到堤坝上的柳树
像女人的头发迎风飞扬
茶壶潭茶壶潭
一潭湖水
遥不可及

你们去鹅形山

你们去鹅形山
欢欢喜喜
像是去修道
“明年等你回来
我请你去山上吃鱼”
鱼在山顶游来游去
我希望鱼在这一年里依然快乐
我不会吃鱼
你请我一起修道吧
我无为而道自为之
鹅形山顶

一千只白鹅在水库里集体生活
它们亢奋起来的时候
在山间展翅高飞

河底暗流

河底暗流来时
我们都不知道
我们坐在船舱顶上唱歌
有人弹起冬不拉
像弹起河道两侧的岩石
柔软的手指划过坚硬的石块
还没有发情的鸳鸯在河面
追赶已经发情了的鸳鸯
它们并不知道
河底的暗流将我们带走

杀猪弄吃火的男人

杀猪弄吃火的男人
号乱涂
吴门无门
苏州人氏
画画白相相
在他的画里
他是一个老和尚
他脱掉上衣
露出结痂的伤口
在什么环境中长大
他就是什么人
我在杀猪弄长大
13岁就爱上了杀猪他说
外公66岁才有了我母亲

我并不知道自己
为什么叫老沙皇
我一心想做一个简单的人
每个人都要一死
但不知道会如何死
我喜欢自生自灭
我为什么这么黑
因为白天吃太阳
晚上吃月亮
生命就是浪费
我在杀猪弄活着
就在杀猪弄死去
杀猪弄吃火的男人
一只眼睛被自己打坏了
他是八大山人的
会翻白眼的
会杀猪的鱼

碧螺春

一船人喝碧螺春
呱呱呱叫
我的茶碗为什么这么大
太湖的波浪
像年轻人的嘴唇
我们坐东山茶厂号游船
回到了菱湖湾
一桌子人吃螺蛳
像彼此接吻
嘴唇撮起
嗖嗖嗖一阵哨声
苏州到处是碧螺春
到处是接吻的人

凤凰午睡

一只蜜蜂在耳边叫醒我
我侧身看到万寿宫朱砂的门墙
绿树丛中我仿佛看到沈从文
憋得通红的脸颊
我在凤凰午睡
他在凤凰长睡不起
但我们谁也没有见过
这里的凤凰
我甚至没有见过他

赵俊鹏 的诗

ZHAO JUNPENG

棉手套

那年
你为我买的
蓝条羊毛衫
瘦瘦的
一年一年
把我穿胖了
再也撑不下
我的肩
我的胸
我的肚

你把它剪成一双手套
铺上棉絮
一针一线
缝制成五间温暖的房子
五根手指
像你不曾出生的五个儿女
一人一间

手套迅速膨胀
膨胀　膨胀
直到套住我整个人
套住整个冬天

藕塘

藕塘干了
我想要的不是泥下的藕

折几只
枯黑的莲蓬
带回去
插在花瓶里
成为艺术

如同饥饿的少年
赤裸潜入藕塘
不是为了娇艳的花
而是花下面的藕
生产队护藕的人
大喝一声
是我爷爷

电线杆

童年没有音乐
跑到麦田
抱着电线杆听
成千上万只蜜蜂
在里面嗡嗡
用石头敲敲
我听到了
天地相连的某处
发来的回声
我紧紧抱着电线杆子
把自己发送给远方

这个冬天
火车载着远方的雪
停在如昨如幻的小站
是辆慢车
寂寞而又吵闹
我把自己塞进耳塞里

出站
钻进涵洞
然后顶着北风
朝童年的方向走

歌声穿过墓地

一面旗帜
领着一队小学生
到郊外的田野里去
唱着歌走过墓地

阳光辽阔
一个孩子一朵花
快乐的秋英花
歌唱着走过墓地

我也曾从墓地走过
也唱着歌
那是因为恐惧
用歌声壮胆
回家的路还很远
天已黑了

重阳

府河草坡上的雏菊又开了
无论时隔多久
我会准确无误地找到
如往，我采一束带回家
一路星星
一路清香

认识我的人
打声招呼：
“回来啦”
不认识的人
扭头看看我
看看菊花

那只蓝花瓷瓶早已碎掉
我把菊花插在空酒瓶里
只是曾经一起喝酒的人
找不到了

清谈

三个人
一周一次茶聚
一杯红茶
两杯绿茶
聊天
嗑瓜子

谈画
谈字
谈新买的书
穿插几句
朋友圈里的段子
谈吃不起猪肉
吃豆腐

轮番上厕所
往茶杯里加水

谈起死后
永久的居地

一个选择墓园
一个选择河流
一个选择一棵松树

栾树果

北风强劲
果翅乘势而飞
两枚果实
一双翅膀

多好啊
无论落到那里
也不会孤单

落到墙角
在旷野的尽头
双双轮回　生长
两棵栾树的新世界

即便落到江水里
葬身鱼腹
被笤帚葬于火
也是双双偕亡
同归于尽

人世间
几乎不可能这样
即便两个人不离不弃
相爱到白头
最终，一个人活着
成为另一个人的墓碑

春在杯中

刚刚脱贫的三叔
给我寄来一包新茶
立马我就泡上了
一缕清香在屋里升起
那清亮清亮的茶水
把灯火的光比了下去
喝上几口，难以辨味
好像从未品过茶
久久地把茶杯捧在手中
才感到春天正从杯中
勃勃升起

海边的雨

太阳还在欢笑
雨点就悄悄
落在了肩上、脸上
没有清凉的感觉
暖暖的滋味
在周身奔涌

太阳还在当空
阵雨变成零星散雨
雨珠打在身上
没有丝毫声响
但见一枚枚水晶
刚一露面就无了踪影

太阳进入了云层
雨天戛然而止
云在飘，风响起
路上没有痕迹
两旁的小草青翠
树上的花儿更香

落霞

镶嵌在天边
的五彩围巾
一缕缕被剪断
在生命的最后瞬间
奋力用燃烧的火舌
托住了徐徐下坠的夕阳

空号

一个熟悉的手机号
反复拨打
始终是忙音
悬念
留给了我
开始胡思乱想
清晨
抱着一丝侥幸
再次拨号
涛声依旧
而今
这个号码
已神秘失踪了
尽管它
依旧在我手机上

天道

云雾深处
一块巨石断开了
阳光挤进深谷
清泉潺潺穿越
绿草爬满岩石
小鸟栖叶而歌
简朴的礼仪过去了
一株遍体鳞伤的苍松
从断裂的石崖中横空出世
它的根牢牢嵌在石缝里
而坚硬的躯体却撞开了
一条壮志凌云的天道

距离

一弯冷月
漂在海上
蓝色，风平浪静
浓缩在水晶器皿里
抿一口
咸咸，带点柠檬味
原来
与海聊天
距离可以如此
接近

石榴

红了的时候
天上的彩霞隐去了
熟了的时候

树上挂满宝石
迷人的石榴
捧在手中
轻轻地抚摸
眼前掠过一面面
火红的战旗
风在舞
马在叫
战士的吼声
在果林中呼啸
暮色来临
掩映在绿叶中的石榴
映红了苍茫的星空

木兰湖

清晨，姑娘的辫子
长长地留在水面上
漾起了一圈圈晃动的涟漪
黄昏，小伙子吹起竹笛
悠扬地拨动着湖水
犁出了一方方闪亮的麦田
入夜，恋人相互之间的甜蜜话语
扑通扑通，掉进了黑黝黝的水中
溅起满湖星星，闪闪烁烁
神秘的木兰湖呀
你还有多少故事
埋藏在深不见底的心田中……

林中小路

弯弯曲曲的小路
隐藏在椰林中

一块块青石铺就
不知走了多少趟
始终没有走到尽头
有人说尽头是大海
也有人说是芒果园
还有人说是仙鹤栖息
的泉水湾
多想走完这条小路
去欣赏远方的景致
可惜，最终也无法如愿

看着你

看着你
身着连衣裙
白皙的皮肤
亮晶晶的眼睛
柳条般的身姿
走起路来轻盈摇曳

看着你
闭上疲倦的双眸
宝宝偎在怀中
小嘴吮吸着奶汁
夜色来临
你哼起了悠远的童谣

看着你
雪花悄悄爬上了头
当年的靓丽风采
被缓缓的步履取代
走近你的身边
不变的还是浓浓的馨香

死柚

青青的柚子树上
结出了几个青柚
散发着浓浓的清香
秋冬过去了
柚子还在树上
这柚子其实已经死了
不摘是为了点缀
主人的解释我似乎没听见
眼睛还是盯着树上的柚子

最喜欢的

雨过天又晴
我在草地上
坐一会
或者躺下去
不管怎么做
我的影子都跟着我
我的影子长满了草
有的地方
甚至开出了一朵小花
那是我最喜欢的

写一首小诗

路上看到一簇小花
回来就想写一首小诗
像花一样的诗
摇曳着就来了

路上看到的小花
我暂且叫她蒲公英
对她最深刻的记忆就是
曾经和某个人一起吹散过很多
成熟了的蒲公英种子
如今看见的
虽然只是它的花
也让我已经很难过了

牡丹和鸟鸣

桌子上的瓶子里插了几株牡丹
推门就有惊喜，不只是花香扑鼻
感觉花
是带着整个春天扑来的
这小小的欢喜
只能给你说

今天院子里的鸟鸣重重叠叠
各种各样的声音
带来各种各样的鸟
甚至不用看见，那些鸟鸣
轻盈又清脆
对于檐下的我
这是另一种欢喜
也说给你听听

一块地

在乡下过日子
就必须有一块地
种点蔬菜和土豆
种几棵向日葵，在地边上
再放一个稻草人
穿着我的旧衣服
有时候我们隔着那块地张望
有时候就想有那么一个人
能相守相望
有时候我会走过去
和她说
一些心事

青草

看见青青的青草
长在大地上
就满心欢喜
小时候和村里的伙伴们
去放牛
那时候青草绿茵茵的地方真少啊
我们赶完南山去北山
所有的草都被牲畜吃光了
我们搓了草绳挂在树干上
打秋千
我们挎着篮子
拾牛粪
此后多少年
只要看见青草盎然
在我们的意念中
一直都在啃食青草的畜生
还在绳子那边

那天在大雨中

那天在大雨中，一个绝望的人
号啕大哭
怎么做都感觉对不住
中年的自己
我把鞋子脱了，雨水冲打着我的脚
我的衣服湿透了，雨水还在冲洗
我的身体，我的身体湿透了
雨水开始清洗我的灵魂
哦，灵魂，开始像一摊水
没有骨头和血
没有情欲和爱恨
我的灵魂，慢慢坚韧

一点一点懂得
从骨子里疼惜我了

之后

写作整整十五年，感觉
把自己活埋了无数次
那个被活埋过的女人
每一次
怎么把自己挖出来
还得怎么埋回去
一个女人在这世上
低头，隐忍，屈服和不断后退
退到无处可退
这个可怜的女人
诗歌让她生
也让她死
死过一次之后
还想死

草地上

草地上有很多野花
更多的是草
草地上没有牛羊
就显得过于铺张了
草地上本该有牛羊
有了牛羊就有了灵魂
草活着才有意义
当然花草们
有自己的想法
独立活着
或者风吹一下

草和草依偎一下
它们怎么活
都是这个小村子里
最平常不过的小事

宣纸

铺开的宣纸
任由你摆布
借你的思想灵魂和技巧
任你摆布
铺开的宣纸
借笔墨，时值庚子年夏
借月色
借琴音
借你轻轻一用
借你一生

我的窗口

我的窗口和所有的灯
一起亮着
别的窗口黑了
我的还亮着
外面黑乎乎的
我也关了灯我只是怕
灯孤单

灰烬

你说你爱我，我信了
你说你不爱我了，我信了

我把我们住过的房子卖了
我让我们的爱从此
无迹可寻，我信自己一定
能做得到

我把我们写过的信都烧了
只留下灰烬，那些烧起来的火焰
跳动着火红的泪花
我信了

我把灰烬一口气吹散
我信自己一定能
做得到

月亮

下午在天上看一次月亮
黄昏时再看一次
到深夜，我一个人
不敢去院子里找月亮
有时候有点怕
我去找它了
它却躲进云层里
或者突然从云里冒出来
又大又圆

叩问

我这一生是不是注定要这样
我这一生是不是注定要这样

这些年我替自己受苦

以后我替别人
抄经

到哪里找一只孤独的鸟

如果飞起来
就是一群鸟儿
如果落在树梢上
也是叽叽喳喳的一群
到哪里找一只孤独的鸟
一生独自飞着
天空越开阔它越孤独
天空越蓝它越孤独
我看着它
那样飞，我看着它
偶尔落在
并不高的树枝上

散步

两旁房屋，排列如锯齿
四处楼宇环伺如棋盘
我们且做一段黄昏
溜走的漏网之鱼
逃生的余肉，陆续着余生

老佛爷的九十九步
轻重缓急，婀娜不及
小情侣的一小步
再加十指相扣
云朵在脚下踢踏，翩跹

茶余饭后
在兵戎相见的白天与黑夜
之间，歇火的脚步
化整为零
散漫一小时的慢生活
或者两小时

大步流星
或者小步生出莲花
在光亮与昏黑之间
跨入猫眼的隙缝
清澈的快步走
或者幽深的慢步走
那些路线，都是我们的战线

如果这时的语境
是不可妄动

我们就放轻脚步
在渐次暗晦的城市里
我们如此漫不经心地伪装
松动别人的武装

宇宙
误会我们如此虚度时光

大同

大宗师的一千零一夜
补加无数的荧幕
在可以计算的日常
变幻多端的手法
如出一辙的题旨
给观众编织百衲被
在里面
都来那么一套
挟裹少年的奇幻
铺展成年的狂人日记

过去的故事
与未来的事
那些千丝万缕的主线
与伏线，相互盘缠纠结
竞相穿透唯一的针眼
勾勒一致的拼图
相继在抖包袱
探测接受的底线
看戏的人，读书的人
能否划一为识相的人
辨识生活的趣味

辨别生命的法眼

于大宗师的现场
合唱，相声，单口
窥看肉身的出现与隐没
分身的切换与真伪
宛如诸子每一次的诞生
落实于百家饭
那样一碗
五谷杂粮
融合的粥糊

纸条

那些时光中静默的纸张
上面有你我之间移动的词语

经过我，尝试抵达你的阁楼
推送春日的浮水印

从陆地，到半岛，到海洋
浮浮沉沉，漂流的瓶中稿

塞满了秋天的黑夜
秘而不宣的星星

日常记挂不住的琐事
我给你寄言：记得定时吃饭

记得盖棉被，免得伤风感冒
如此或者可以兼善其他的事

言外之意来自累牍连篇
微言大义，存目于碎片

在共同体的振荡中

一个人的一些信史

工具

每天，你面对一箱子的工具
与一具灵魂，沉默的灵魂
你点数那一件件的工具
钉子，锤子，绳子，锯子
胶水，胶布，胶带
以及其他等等
你经常确认它们没有丢失
务必完整无损
软硬兼施，正常发挥
它们的重要性与有效性
它们各有特点，能独当一面
也能互补长短
该完成什么，就完成什么
存在，体现于功能
它们不会无所事事
你借助它们挂上云烟的往事
压下岁月的棱角与锋芒
系好送给未来的礼物盒
割断五月的朽木
黏合夜晚的漏洞
或光天化日的缺口
为了防备雨水的渗透
于洪水泛滥之前
以备不时之需
为了一生的用途
一箱子的工具都在忙碌而絮聒
宛如一工团的虫蚁
在企图巧夺天工的工程里
有时，你会看到那一具灵魂
就像偶遇自己

无声无息
在角落悄悄拭去落下的眼泪
无法成为一把乐器

窥豹

赠诗人欧阳江河

里尔克的豹
相反，黄山谷的豹
类同你的，亦未可知
词语的行动主义
漫步纽约
快步走宋朝，以及中国
那些急缓有致的速度
必然也考究诗的高度
你知道的，能辨识的
那些野兽的身份证
斑纹的大小、多少、排列
体现悬棺储存的秘密
透过灵鹫凌空的眼睛
就像诸神的望远镜
一一窥见
并且全部衡量
量子化它们的力学与美学
组装手枪
反之，分散子弹
就像词语的死亡与新生
同一道理
就如一颗泪悄悄垂落泰姬陵
一个大平原的雨季
飘摇在东方与西方
汉语与英语
之间，那些窥视与被窥
你不断在冒险

一直在冒犯
物质的花瓶，精神的书卷
封闭的玻璃工厂
与透光的琉璃世界
各种密度，密宗说不完的
你用你的诗说了出来

主流

春秋的魔法，在程序化
粗疏一些是编年史
精细的话就是日程表
我夏天流浪的半岛
你冬季孤立的小岛
都可以简约，甚至含混不清
通通统一
纳入一支大手笔

径直到底，在透支墨水
挥霍词语
笔直的书道
就像离开蓄满的弓
一心一意只向东飞去的箭

行善如流
一种灵魂
到海那里雄辩一枚太阳
一种说法，一路挥洒过去
处决那些重要的情节
却节外生枝的撇捺
不丁不八的腿脚

每一朵落花
都曾经红花着一个国度

多数与少数在追尾
再回溯单数
所有贝壳只承载一种词语
鼎沸一族回声

在烂醉如泥的海滩
不由分说地
想望，并且想象
我们如何都被暴晒成
小麦
那样的一种颜色

细雨

已成干货的词语的复原
借助一世纪前的雨丝

曾经降临，刺穿，并且
渗透皮肤，以及眼睛的

那些，后来是润饰的韵脚
清新如新诗

清凉如小蛇
蜿蜒时光的脉络

轻轻，推搡家宅的门扉
庙宇的木鱼

还别说，还真有目击者
辨识那些遍体的鳞伤

群体之间的缝隙
搓洗个性的暴烈

隐去鸟鸣
潮湿，从小雨落成江湖

开心和普洱

（给家里的狗写的游戏之作）

它们身体里藏着两只闹钟，每一天
那么准时地叫我起来，也许它们自己
也已经厌烦：天亮了，它们起来
不知疲倦地跑动，在追逐什么？

开心瞪着突凸的眼睛，无辜
而忧伤。春天，它恋爱了，它爱着
那气息的萌动，甚至分不清
这气息来自哪一道倩影

它忠实于它的身体，正如它忠实于
爬上这六层的阶梯，等待我的抚摸
它的身体里还藏着一个饥饿
那坚硬而柔软的饿，像一枚指针

普洱小，它的饿来自本能
“陪我玩”，它无师自通，有标准的请求
低低的咆哮，带着对陌生的恐惧
也带着对远方的好奇

它们相互中照见，不一样的模样里
有着一样的姿态：一只吉娃娃，十岁；
一只贵宾，二岁。如果有一天它们说话
我不会过于惊讶，当它们开口说爱

无花果之夏

似乎还在开始之时，一个圆满
从果实退回到花朵，从花朵
退回到树枝，退回到
那刚刚孕育的时刻：最初，
在我们看到之时，甚至没有花
只是我们的想象，而花，盛开在
内部的秘密里，也许是盛大的
或者是沉默的一种，我们看到它的抵达
一个世界的小，自有它幽深的花径
如果我们已经汲取了那广阔
一粒沙中的宇宙，芳菲之初
夏天的脾气从内而外
像一个人的甜，交换着他缤纷的泪水
那是一间饥饿的银行吗？
我们储蓄着的，翻到了负利率
果实依然托住那稳稳的树枝
是阴凉赋予我们过于旺盛的阳光？
夏日的舞蹈在干涸和煎熬中
但它绽开，呈现这世界的低语
如果我有着开始时的耐心：我栽下它。

犬吠

它听见了我们听不见的
突然的激动，甚至暴躁
像一块石头从高空坠入水面
它啊，像是撕开了黑暗
那不可知的声音，
那隐秘的战栗，拨动了它的
哪一根神经？

出于本能的咆哮、恐惧

还是对陌生者的敌意
用压低了的嗓子它筑起一道墙
“不可逾越”。它警告
夜凉如水，无边无际
夜色拉我们从一个梦中
离开：在安静中听到你自己

趴在我的脚边，蜷伏于
漫长岁月里它血液中的温驯
然而那尖锐抵达它垂下的耳朵
在我们茫然无知时
它用低沉的呜咽告诉我们
有些事物一直都在，
我们不曾察觉，但它们

就在附近。如果忠诚于
这被驯服了的日子，全然
接受那抚摸的手，触到它皮毛下
轻轻的抽搐：在害怕什么？
当风和月光涌入敞开的门，
那么月光的阴影里
它发掘出完全不一样的自己

走入石头的狮子

衔着摄氏四十二度的夏日昂首阔步
多年前的皮囊，在黄道中抖擞着它的晕眩
此刻，依然皎皎于其里

从坚固的石头里跃出
它鬃毛披散
当强劲的体魄、稳重的步伐，来自哪里的雄狮？

是被遮蔽的星辰和隐秘的血脉

在如此庞大的繁华里
渴饮落日，如果风吹着它的荣耀

王，或他人的血
卑微者早已化为乌有，高贵者也是
同样的乌有：它潜行于我们的血液

在咆哮中脱落的翅膀
浮现出一个天堂的影子：走入石头
在虚构的影像里它有深深的鞠躬

守护于我们的梦中之梦，生活着
被无边无际的睡眠所充满
当他活着而走进石之永恒

将早于寂静聆听到流水
将饥饿，将从东方欲晓的白中遁去

与蜥蜴的对视

能够塑造出它们的美，无疑
是在离开我们的日常之后。
阳光下，草叶间的一只蜥蜴
都让我怦然心动：
为它和我稍纵即逝的对视。

这蜥蜴是千百年前的那一只吗？
或遗传着那一只的基因，
在冰一样的体温里，有着迅捷的腾挪
它要传递给我的是什么？

它转动着的眼睛，犹如冷漠的星球：
当夜晚降临，月亮如荒凉的泪滴；
而白昼之时，在它所看见的范畴里是不变的

那是阳光所造成的阴影，而阴影
在歌唱，在舞蹈……

从更高一点的地方看过来
我们都小如芥子
我等同于蜥蜴
或蜥蜴从遥远之时梦见了我。

马

在它的眼中退去，这速度的边界
在它孤独的皮毛和抖颤的肌肉中退去
世界小如夕阳，
（也许你可以说它大如朝阳
仿佛光线的成长逼退了夜色）
像它所看见的流逝中的风
它用驰骋把自己退回到草坡上的悠闲

快就是慢？它并不等待骑手
万物枯荣，千里只是你们想要
泥涂间快活地打一个滚
那些压低了嗓门的人有着属于身体的
地图：勾勒这苍茫的轮廓
天高，草长，而风过。世界

这样汹涌到我们的视野里
我不知道泪滴为何无缘无故
卡在眼睑间，它放大这个天地的模糊
从我这里看见的就是它所看见？
轻易地越过了那条沟堑：它优美
而修长的前腿，它芳踪渺渺的后蹄
这突然间它有高蹈的火

仿佛从未发生，它摔打着的尾巴

是一种恍惚。隔着远远的山冈
此时它从容于草木的气息
并侧耳听到蝴蝶合拢了蹁跹的翅膀
栖息于它的背上，如果它放缓
咀嚼的速度，它们将一起没入在黄昏之杯

野兔

东张西望后，从城墙的倒塌处
蹿出：隐匿于草丛，似乎变成了绿色
而远处，留下的踪迹微不可见

野兔火锅，它的香气和袅娜
终究被欲望所吸引，倚车有长梦
我们被哪一双眼睛虎视眈眈

一个幻象？像无数没有名字的饥饿者
兔眼里的火苗和块茎，兔眼里的魔鬼
我们可以给这些山水命名，划出它们的秩序

以理性的标注，提醒后来者的关注
——但兔子挖了无数个洞
我们看不见的世界的活跃？

狡兔的智慧呈现于这道山梁间
草丛掩映的洞穴，假如我凝视得够久
我们为什么而害怕？为什么有风

从黑暗中猛烈吹来，并吹薄了
我们：像它从我的视线中逸出
仿佛从没有出现。我们远远地离开

黄昏辞：诉诸静

区分于早晨、午后
黄昏以其环绕式的静谧感成形
目送学生回家，你将五指张开
搁在额前，无意识地抚摸自己
望见“满街的阳光没有尽头”
——孩子逆光的身影被拉长
沿着下午六点的木走廊
灰泥粉刷墙尚未干透。清凉加深
提前享用黄昏没什么不好
我走回办公室，对着玻璃窗梳顺长直发
现在我一无所求（能做到吗？能）
头发披下来更轻松，与黑毛衣摩擦生出静电
赤脚走过狭长房间的厚绒地毯，听其静
诉诸静。而此前从未有过，或这么明确

丹顶鹤辞

我亲身经历过太多风景
在扎龙湿地，我遇到一面深邃的湖
一群丹顶鹤，雪花一样飘过来
要飘到蓝色里去
蓝得要死的那种蓝
这是惊闻外公过世后的第二天
我看什么都是虚幻的，都是那种蓝
（幽静之深难测）
丹顶鹤头顶朱红的“印泥”
像一个个致命的提醒，提醒我——
再辽阔的风景也有边界。肉身也是

一个人和他的家，游走于千里之外
那一刻，我突然相信
外公可能正从鹤的身体里，静静地看我
我在刚刚解冻的湖边，脚边翻涌着碎冰
一坐就坐到星辰满天

轰鸣辞

一座湖帮助了我：四月初的抑郁
湖叫滆湖。视野内是村庄、稻田
春天的绿仍显随意，只能以
“一簇簇”或“一颗颗”来形容
湖面如纸张抖动，阳光在单调中变化
分出层次——“筛着银子和弹珠”
船家让迎面开来的船“慢点”
它驶过，我们的船跟它猛撞
谁的肘部碰到了我，尖叫声中
一个陌生女人凑到我耳边说
“我喜欢发动机的轰鸣，那声音
直接穿过你骨头，碾过耳膜，摇滚般。”
湖上柴油味浓烈——她也喜欢，跟我一样疯狂

懒懒辞

醒来听到的第一个声音是雨声
（留意疏密比例，或数数雨点，
这么来摆脱睡意）
关掉网络，恢复音乐播放
打开闹钟，随便设个铃声
“十分钟后提醒”“二十三分钟后
提醒”“六小时后提醒”
10：34，它响了，带振动的那种
我不管它，让它继续响，继续振动

我喜欢自己的一部分逗留在这响声和振动中
但继续写作吗？（今天怎么过
你说了算，如少女般任性）
他泡的第一壶茶是铁观音
听雨，好好喝上几杯，然后冲澡
——他从后面用胳膊把我抱住
说心里话，我喜欢拥抱，喜欢早晨过渡到
中午的这种懒懒的、有些儿凌乱的节奏

清明辞：水滴

想一想力学原理，走神了。她看到
刚落到桌面玻璃板上的一滴水
在弹跳不已（东面墙上
挂钟的秒针是它的原型）
他还活着的那个午后，夏日
她坐在岸边。反光的河面
浪尖上溅起的一滴水，那种动态
细小的，圆锥体滴落而成多棱体
渐渐拉长，而后消失在河水中
如今，他也这么消失在她的回忆中
光滑的书桌上，她铺开空白信笺
给他写一封不知寄往何处的信
“水是裸露的存在，水滴也是”
这物理性的空白闪过，像他的灿烂一笑

积木辞

喜欢挑战，不断被折磨
却迷上了被它折磨
当我是孩子时，总搭不好积木
那时妹妹没出生，孤独感支持着重复行为
“嘭”——我听着野心瞬间崩塌的声音

无一块幸免：倒在建成一半的房子的幻觉中
（那里，住着我们和活着的父亲）
长大了，遇上班级大扫除
顽皮的我把三四张椅子叠在一张课桌上
教学楼里传来更多桌椅的挪动声（如接力）
“嘭”——椅子坠地比积木倒塌的声音大得多
耳朵仪器般灵敏，朝八个方向听
头脑判定这是莫比乌斯环效应。再来一次

折射辞

忘不了那时候
一家人站在老家的天井里
父亲从井里打水，打捞冰凉的
年糕，切成一片片递给母亲
母亲说水开了就下锅，再撒些醪糟
妹妹坐在小板凳上吃果冻，我将
一些面团捏成动物状，扔进锅里
小小的透明物悬浮，或翻滚
忙完了，父亲去洗冷水澡
围墙和房子围起来的空间，四处是
飞扬的水珠——阳光下，成了五彩的珠子
他说，这就叫“折射”。哦，这就叫“折射”
四下里，阳光制造的树影
在新刷过的围墙上粉擦般划过

圆满辞

周五晚上比任何时候都令我安心
在刚搬进来的新家里，我与妈妈一起洗碗
智能音箱在播放《圆满》
——没有歌词的歌像我被放空
妈妈说，这使她想起小时候的雨天

她妈妈不愿外出干活，陪着儿女，一边缝衣服
一边讲故事、哼歌，儿女们抢着洗碗、抹桌子
银色洗碗槽旁，我从背后
环抱身材小巧的她（像她妈妈一样）
留意她的呼吸和肩胛骨颤动
同时我还嗅着：新房子里的旧房子的气味
残留的，尚未完全放空的

礼物辞（之二）

他把一截木头打磨平整
把中间腐烂的部分掏空，空出的部分
嵌入手工切割的玻璃，制成一张书桌（你正在使用）
玻璃的穿过方式使你想起——小时候洗完澡
妹妹把六神花露水喷成雾状
邀请你来慢慢穿过（光着身子）
淡绿色液体均匀地落在你身上
妹妹说：这样可以驱蚊，止痒
这么说吧，这两件礼物
穿过了两个你，和这首亲爱的诗

天目山辞

四月有梨花和杜鹃
你带我上山，带我满山遍野地追蝴蝶
快些，我们还可以跑得再快些
从日出跑到日暮，跑累了，就躺在草地上休息
想象一颗名叫孔雀六的恒星
（以及距离地球19.9光年的未来）
下山的路上，我们谈松针坠落的声音
和各种花的飘落
间或谈谈往事，不谈其他事

雨中寺院辞

你说你爱这雨中寺院和院外的大叶芭蕉
（进去便忘了活在哪个朝代）
秋雨下得像卷柏的羽状分枝：锯齿形，不整齐
回家的路上，你爱上了一颗不倦心
爱上了游走四方的姑娘和抱柴烧饭的农妇
以及坐在一滴水珠上入定的行脚僧
葡萄藤一样清脆的鸟声里，你又爱上了
黄昏翠柏的意境，作为一名
“时间旅行者”，你爱得较多（都出于本能）

湖心辞

湖心岛上，月光最亮：
反射太阳，还混合了恒星、行星的光
岛也是一小块光，岛的影子：光的副本，停在湖心
（我也是副本，留在人世，不知不觉又是一年）
绿头鸭钻入水中追逐鱼：从这里消失，在那里出现
它一遍遍整理羽毛，抖落水花
起雾的时候，一天就过得格外慢

思父辞

晾衣竿上，床单被掀起、垂下
光线变化，类似于某种变奏（时间被拉长）
我缓缓翻书，读到写给父亲的诗，就忘了翻页
像是昨天才与父亲走散，我还站在原位等他
——三十多年了，许多回家的路都模糊了
我说服自己，他一定有了新的身形与去处
这样也好，我也无需承受更多，围着我的
是虚空，而虚空，是我“永恒的父”

两地辞

一节节绿皮车厢，你穿过车厢时看到他
——初夏，梦境来得频繁，又一次
浆果的味道在舌尖缠绕（被你定义成“吻”）
车厢在潜意识层面移动（被你定义成“相遇”）
视觉中固定下来的列车和这座房子在晨色中
好像他还在这儿。没办法，即使在五月初醒来
仍有什么在维系两个时空的两个人
“那相当晚熟的认真”和非宗教的疯狂
根本停不下来：它太清澈、太绝对
有自行其是的意志——有一道铁轨。好吧
你对着镜子刷牙，你的眼睛，望着他
嘴角翘起，朝着他。雾气中，时而模糊

易物辞

我抱着一束绣球花穿过步行街
花型饱满，360度无死角
它们为我带来假日的好心情
（这些天，你跟这世界一直保持着恋爱关系）
一个羊角辫女孩，牵着两个气球，凑过来嗅花
我走一步，她走一步
有时我故意加快，她也跟着快
那气球一个蓝色、一个金色——如两个孩子在拥吻
我抽出一枝花，送给她。她也把一个气球送给我
我们相视而笑：仿佛这交换是一种神秘仪式
就像两个幼童，在进行
最简单的以物易物，或者我回到少女

顽童辞

放学了，我在工作坊写关于圣诞的诗

未完成作业而被老师训斥的男孩，偷偷
跑到我屋里来“避难”，他把一张白纸挖两个窟窿
贴在脸上，头伸进门来，学刚才走廊上
看到的流浪小猫的叫声：喵呜、喵呜
他穿着一身“超人服”，为展示他的超能力
在地毯上翻滚:“我是刺猬、刺猬”
接着又翻跟斗：“我是圈圈、圈圈”
我笑得合不拢嘴，他一脸轻松地说，他得了一种病：
早搏，如果他突然“Game Over”，就再也
不用担心“地球流浪”或兰博基尼掉进黑洞了

冬浴辞

她这样打发冬天
开着油汀泡澡，按照习惯
花半天时间躺在木桶里
看浴盐生出泡泡，感受水分子在
肌肤上，每个毛细孔都充分扩张
想想世人如何越冬——
日内瓦湖上的游艇和彩帆，落基山脉
飞掠的雪橇，南极罗斯岛上的电磁波
洗完澡，她只穿深色浴袍
（深紫、钴蓝或墨绿），钻进被窝里
窗玻璃上的雾不用去擦，那花纹好看

梁枫 的诗

LIANG FENG

七寸帖

一首诗嵌入严丝合缝的生活
它必须扁平而锋利
必须屈身、附身，甚至委身于不相干的事物
它几乎是旖旎的
像蛇行者即将被命中的七寸
它柔若无骨
须盘桓回转，才得方寸处容身
针尖上的刺绣，麦芒上的露水
为这些转瞬即逝的事物耗尽了毕生气力
唯四壁垂直，头顶明月高悬如孤胆
我们踮起脚尖，经年累月游走于城墙内的钢丝
从不谈论各自心尖上的刺
全凭这首诗，走漏给人世
些许风声

悬壶记

凡疼痛于此地皆有精确的刻度，且
循序渐进。形状也要尽量规则
针扎样、流线型、聚伞状
肉体之痛与修辞之美原本密不可分。
沙漏中流淌着的，正是你我
前半生的缓慢积累，和后半生的
快速消磨。
而“耐心”正是“病人”一词的
另一层涵义
瓶中的药液滴落，它们清冷而连贯
像漫长白昼中逐一浮现的省略号，欲言又止

像彪悍人生中撞见的一串休止符，欲罢不能
还有那秘而不宣、沉沉下坠的乐趣！
此生有过多少滴水穿石的
英雄梦想，和滴水成冰的
黯然结局。全不如这单调匀速的流淌
足以取代
无色无味、清透如许的时间本身

名器颂

名器总是横空出世，将从前蛰伏的日子
一笔勾销。大有来头的
无源之水，口舌如青烟
吞吐着上下翻飞的寒光

“需要一个契机。
一次图穷匕见的困境。
一场六月飞雪的冤情。”

也不妨是樱花树下
年少的武士以血剖白的真心
名器将要行走世间，切记
按捺住那一点儿任性，不可一路
探囊取物，在悲苦的人间练习手到病除

此刻还是霜刃未开的年月
名器深居简出，守住一截儿
玉样空灵的身子。命运尚未唤她起舞
剑出鞘与魂出窍的可能——大致均等

鸟语

鸟鸣，从树林深处和高处传来

有一种叫作“啁啾”
热切、密集、急不可耐的倾吐
略显嘴碎的邻家女子，抓住人的衣襟和耳膜
另一种叫作“呢喃”
甜腻的枕边人，闺阁里无害的小小心机
绵里藏针，暗暗的予取予与
最惊心的来了，那是一声长调
紧接着一连串颤音，这大概就叫作“啼”
戏台上水袖一甩
那人又来你的梦中
掩面而泣

炼金辞

炉膛里灼烧着贤者之石，水晶球在手中滚动
切面不可尽数，而萃取的痛楚更为深邃
兄弟，这是我中世纪的密室
你尽可以随意翻检，米黄压纹羊皮笺
泥金手抄本，依然新鲜的
龙涎香、没药、肉豆蔻，以及
白藜芦和九草魔写就的古老药方
（在那个年代，它们贵如胡椒）
厌倦人世时，我会悄悄回来
在暗室里走动，调节温度，测量硬度
也掂量一下无名合金的纯度，这大颗紫晶
不妨就套在你抚琴的手指上。时至今日
我依然相信金属的有机、灵魂的腾挪、耐心的神迹
兄弟，我是一名混迹人间的术士，习惯于
穿过一切修辞、诡辩和咒语，直接抵达
事物核心的残酷和诗意。兄弟，我爱极了
你火光里闪亮如珠的牙齿，爱极了
你端坐在高高炼炉旁，一派天真和迷茫
爱极了你对我上天入地、人妖不辨的苦苦追随

流云散

长着一身去留无意的风骨
却被赋予了太多似是而非的意义
每当厌倦了人间的指点，便兜头一场冷雨
云，它漂泊的一生饱含隐喻。
很多时候，它是在用具象的
积累，抵御或补偿抽象的消磨
这多么像人类的宿命。
大风吹得它手无寸铁，愈见稀薄
令我想起功名、流放、大厦将倾、人间白头。
所有深刻的变幻都是相似的
开始于同样丝丝入扣
又浑然不觉的蚕食。

糖の枫

我们粗粝的生活中急需一点额外的清甜
于是有糖枫：四十滴树液，得一滴糖浆。
整个秋天，甜意在根部聚集，翻滚着上涌
（明媚之色，确有一番沉甸甸的来历）
它迎风涨红着脸，几乎要守不住
体内呼之欲出的秘密。人群疑窦丛生
“美而夺目者，难望其甘。”
直到第一个印第安人，早春时恍若神启
在不惑之年的树干上凿开一洞
糖枫的体液汩汩涌出，从此
人类有了另一种——难以置信、无可取代的甜。
甘蔗甜似骄阳，蜂蜜透出劳作之苦，而糖枫
是异域的清冽，像古老大地上一丝丝消融的春雪
宜佐最寻常朴素的吃食：蓝莓馅饼，深海三文鱼
呈年深日久的琥珀色，擅流淌，有火中取栗的焦香。

重阳日，过重洋

今日无菊可簪。有兄弟可忆，兄弟在河西
十五度纯米酿，明如秋镜
寒如秋水。混血空姐的笑容不及东瀛女子
那般清甜。离家的人，生一路恻隐之心
和食冷清，一屉屉，却有最幽玄的命名：
玉子、莲根、鳕昆布、幽庵酱
豆甘煮、五色渍、青豆胡麻、鲽照烧
是独具一格，还是各居一隅？
只有红漆盖碗里滚热的味噌汁，教人怀想
朴素热闹的家居时日。天凉了，一席薄衾
铺开普鲁士蓝的手绘菊，哦这浮世之蓝，莫测之蓝。
空姐在我手心里放下小小一枚
搁箸的千纸鹤，石榴红的幽光，正奋力点亮
一场黑托、青盏、玄米茶的侘寂之旅。

中文名

在异乡昏暗的地铁站，有人
大声喊出我的中文名

铿锵的单音节汉字破空而来
穿透了周遭元音辅音夹缠不清的语境

我的中文名里，有抽刀断水
更有兵不血刃；有大风起兮
却吹也吹不散的——嘉木留声

“要在森森寒意中，偏生一派灼灼其华。”

多么喧宾夺主又恰如其分
这象形的标记，令一些人甘愿
望文生义，另一些人不惜
买椟还珠

诗歌地理

Poets Geography

257 韩少君 作品选

269 刘波 陌生化诗歌写作的内在动力

275 李黎 作品选

287 茱萸 直爽之诗与哀矜之诗

Han Shaojun

韩少君

韩少君，1964 生于湖北荆门，1983 年开始习诗，著有《倾听》《你喜欢的沙文主义》《洗浴过的工人阶级》《夜里会有什么声音》《黄金日子》《另一粒阳光》六部，获首届“或者”诗歌奖、首届朝阳文艺奖、《长江文艺》诗歌奖等。应邀主编《中国唯美诗歌丛书》（十部），曾受聘主持《诗歌月刊》“先锋时刻”栏目多年。一直供职于某国企。

旧作（9首）

一块锈铁

我是多么容易，就放弃了
自己的青春。
羊皮袋里的时光，一天比一天
漏得更快，什么时候

我让一块锈铁
在我背后，突然跑动起来。

夹杂在人群里，夹杂在，新一天
青白菜、红萝卜和异域熏肉的
气味之中，我走进菜市，其实
当年，这里是一家屠牛场

我似乎，又一次看见
用来剁牛耳的，那块锈铁
甚至，听到了那“咚”的一声

是午夜的哑子，将它，从
月光堆里，掀了出来。即使

在床上，丝绒内，它也会
一下子找到我，一块锈铁，即使
我们正在拥抱，它还是能
出现在我们中间

一个个疯女人，指着
洁白的布单说，真的
闻到了一股铁锈的腥味。

现在，一块锈铁

出现在山下，我晨练的道旁
在距离悬铃木 2 米的地方，一块
锈铁，接受了几颗清凉的露水

一块锈铁，使
我的血液正逐日减少

一块锈铁，曾坐过某位女子的肥臀
三年的北风，吹呀，吹不散她的热量。而

此刻，只有一只布谷鸟
站在锈铁上
它沙哑的声音，有这个春天
真正的金属，也含有
郊外平原的，那份寥廓

2003.5

铝合金

我发现铝合金，是在武昌。
7 月 6 日深夜，下着大雨，车灯晃过
在铝合金窗框上一闪，那一刻
我手中的火柴，颤抖而落，顿时一片漆黑
那位刚才还大谈瓦雷里的
家伙，躺在布单上，一动也不动

2003.8

修复

一个女人，开始迷恋自己的躯体，那是
多么危险，借另一张脸，假寐的女人。

我喜欢说谎话者、佩饰石玉者、嚼甘草者
喜欢提着麻油灯，在水下走亲戚者
我喜欢呀，我真的喜欢美女，喜欢你们
不穿金，但必须戴银，叮叮当当
像铜器匠的女儿。喜欢你们
走进大雾，而非站在山冈，抱头痛哭
为最初的一两滴经血，赤脚站在木板上
大闹春风。一个破坏者，对于女人，同时
也是一个真正的建设者。女人的改变
始于声音，给一根银针，便从血液开始
修复美女，需要我们掏出足够的砂石
否则，就只能指望下一代了

2003.6

看妻子铲雪

读谷川俊太郎，第 76 页，接近
云南于坚评论时，我停顿了下来
我听到，铁锹摩擦碎石或水泥
地坪的声音。抬头看见
妻子在铲雪，撅着屁股
火焰色屁股，一左一右铲雪
作为她长期的窥伺者，我足足看了 12 分钟
生火，洗涤，她从没有如此认真过
就好像急于从这场大雪里，要回

一条道路。12 分钟后，她直起身子
望了望远处，动力厂飘进空中的煤烟

这时，我们的孩子，善于写
错别字的实验小学低年级学生，走进雪地
妻子从脖子上取下米黄羊绒围巾
交给女儿，然后，弯下腰

撅起火焰色屁股，又开始铲雪。

2003.2

七月二十九日过金沙江

横断山上有蚂蚁，也有云雀
那辆红色中巴停了下来
那么多外省妇女，对着一块红铜
大声叫唤，好像谁日了她一下
江边一棵核桃树，树干
粗大、多皱，雨水中，显得漆黑
小动物，有藏不完的洞
一个孩子，在树下，出售石榴
尖细嗓音，丢失在金沙江的轰鸣里
大水推动巨石，我想，就这样
一直推下去，过四川，过三峡，到了
中下游，变成一堆沙子，黄沙，或白沙

2003.7

滚石之夜

街对角处，几位年轻女子是干净的，幼樟的暗影里，她们被这无尽的街灯再度修饰。
刚刚洗浴过的工人阶级是干净的，他们笑嘻嘻推搡，尚存羞怯之心，
晚风中，
长发飞扬。
熟食店跑出的小狗是干净的，它挣脱斯文的老主人，
拼命地追赶一只毛色肮脏的野狗。
春风不动，
杂种之狗不动。
狗舌放在外面，
不停地抖颤。

天上在打雷，
大武汉热浪滚滚，
我有话要说。

2006.8

麻燕考

未见之前，
我在想马茹子应该是一条旱驴，
他果然就是一条旱驴。
他把我拦下，
在尘土旋飞的北方加油站外。
这一天，我们拥有一个痛快的下午，
又是吃鱼，
又是看一个死人，
这是我的话，
马茹子他不这么说，
他脖子上挂着旧式相机的伙伴不这么说，
夜走西宁的女司机也不会这么说，
她说，那是神，
神叫她不抽烟，
她就不抽烟，
神叫她不饮酒，
她就不饮酒。
神叫他们不砍柴，王八蛋，
那些穿棉质白衬衣的家伙，
几乎习惯了使用又粗又长的火柴棍。
真主寺内，
几位穷老爷，用埃及大香，
轻轻唤那位亡灵。
寺院静极了，
马茹子说这里多么适合读书呀，
还可以听小鸟叫。

马茹子指着
那群绕着几棵白杨树飞来飞去的小鸟，
对我说，这鸟，在你们南方叫燕子，
这里叫麻燕，
它们待在空中，
它们无足，
只有两个小拳头一样的东西，
靠这两个小肉球，
在真主寺内，倒退着进进出出。
马茹子一边说，
一边比画着麻燕行走的模样。

2005.6

老虎

北方诸县，叫她老虎，
捉一只，投进蚊帐，也捉一只蚊子，
黑暗中，她们砍砍杀杀。
这只花虎，进酒吧，学文化，扮新娘，剪尾巴，
三年不到，丝绸不要，磨破了胡人的兽毛之榻。
三年过去了，这个风骚婆娘，日渐宽大，
剁开她的香瓜，
吃下她的沙葱，
从此，我和她一个买马，一个杀马。

2005.6

农历九月二十五日，咏蛇

下山饮水，
可以空腹，
用禅房后流走的净水清洗暗绿的苦胆，

一条毒蛇到了这个时候，可以疲倦。

张八的锄头砰的一下，
也未曾砸碎什么。

它有光滑的液体，
现在没有了，
潮湿的腐叶上，
它已经不能够滑行。
这一天，我大胆地看了看它的眼睛，
用两朵石榴花赞美里面喷吐的光焰。

我们彼此缠绕，
我瓮一样向上敞开的形体，
夜里凉了下来。
我做梦也没有想到，
天上地下，万物风流，有那么多自由的星宿可以利用。

2005.11

近作（6首）

第三种力量

不比他人
并未读多少薇依
全名西蒙娜·薇依，学师范的
薇依，对《无产阶级革命》杂志社
深怀友情，像一只湿蜗牛
爱上那些不存在之物

1943年，艰难的

南部战线，游击队员
个个都像艺术家
不理发，空余时间
也写纸条，如果
橄榄在这个时候熟了
那是另外一回事

这些法国同志，和正在剧烈咳嗽的
薇依一样，相信，有第三种力量

2020.6

《落雨》补记

雷声里炼过的事物，今日胜过往日？
还有，还有就是昨日的闪光

天空多次出现诱惑的线条
那些空白，由几场大雨来填补

老琴手挎着音箱，在河边左右为难
捶打胸膛有啥子用呢？天地之间

万物失去最后的一次扬花的机会
云线压住了汉江两岸古老的水田

一行白鹭在昏暗处，切开一个口子
巨硕的建筑披着流泻的灯火

我从蔡湾的岔口下到河边，看见
路人甲，骑摩托，追赶那件反光的雨衣

工棚里，一宿梵唱，一丝气息
大水舔我脚踝，舔着开始发痛的膝盖

我随手拖一根木棍，回望一眼
出租屋外，砰的一下关错门的孩子

我依然惧怕，水拍石岸的空响
依然惧怕那条抛到岸上的小蛇

2020.7

自便（Help yourself）诗 2号

看日落的时间
小沙弥洗脚的时间
木盆靠近电视
几片树叶，枝杈间
雌性动物立起耳朵，这样的句式
多少有些糟糕
但事情往往让人惊悚
小镇的晚霞提前烧红
木象外逃，返回雨林，踩踏火塘
一辆大巴冲入水库
众人集体哭泣
那帮家伙还在独自叙说
一个月没有晴天了
蚂蚁在各自的居穴
变得白嫩，只需椒盐
即可端出，女主人使用
电蚊拍，担心身上的红疙瘩
说好了，再行动，让巨瓮
从新贺集搬出
破裂是黄昏的节奏
蚊子飞来飞去，祖父
拧下半截小虾，风味正宗
赤裸上身，被告诫，去坐酒席

得有吃相，从前的死对头，现在
文质彬彬，人高马大，偷偷
送走了小儿子喜爱的那只小狗狗

2020.7

5月11日　访黄小川的木头房

谁说呢？“打火机”
是个好品牌，有人胡闹
有人意在加入她的公共语言
恰逢她，转身，裤腿有些花哨
多么妙的上午时辰，彼此
刚在春天买完了账单
光影中，裸背，裂开，她朝前走
过了吊桥，花纹中的流水
有着庞大的绿荫
中断学业的孩子
捏着手机，昂头唱：
“大乌鸦呼唤鹅妈妈。”
回来的人
忘了牵手
忘了带走那包
隔夜的花生粒

2020.7

中午

还搞到了一个炉子
这不是吃肉的时候

倒一杯酒给我，这样

干活会轻松许多

让人纷乱的声音，除了蚊子，妈妈的
木蒸屉。写作，变成一次次引诱

三天冬瓜汤，两个人睡眠，中午
拐弯处，电器工人的眼波很直接

我服了几个四川兄弟，他们都会呀
会制造另外一种空，笨重得不行

让我的语言没有吐出
先在口腔肿了起来

怎么从裤兜里摸出了小狗的零食?
滑出去的塑料袋，一阵阵，惊惧。

2020.6

军马场记

应该下去的
我没有下去
鞋子提来了
打算绕着跑几圈
想想白天
事物过于清晰
晚上灯光一围
哪儿也去不了
随灯柱上升
我是新天地的货色
在几十层高的窗台
低头看，军马场
空地里的瞭望塔

架起小广播
年轻人的地摊
摆了出来，热闹的人
开口讲话，不见双唇
这么一直趴着
我还喜滋滋
吃了几块饼干

2020.6

进京赴宴的稻草人

五年了，这首诗
早已失去原来的重量和热气
从电脑转到手机
经历过数次黑屏
死机，否定，捞回来
一直挂着
那一年，植物园
办了一次全国性菊展
热闹了几个月
我进去跑步时
菊花已残
冬雪说到就到
北京展区的台阶下
不少稻草人
还立在草地
潮湿木桩上，停着他们
迈开的大步，怎么看
都像是进京赴宴的模样
插在身上的野菊花
一朵朵全干枯了

2020.5

刘 波

陌生化诗歌写作的内在动力——关于韩少君诗歌写作的转型与坚守

韩少君是一位典型的探索型诗人。如果说他在1980年代开始诗歌创作时还带有潮流性的青春写作色彩，那么，他后来的写作则变成了自觉的文学实践，立足于某种“守望者”的美学抱负。以2002年作为时间节点，之前有十年他几乎停止了诗歌写作，这次中断现在看来并不是放弃，而是进入了一种语言与沉默周旋的积淀期。重新投入写作之后，韩少君虽然秉持了过去灵魂出窍般的跳跃性诗风，但他开始强化做减法的主体意识，情感上显得节制，修辞上也越发简洁，这是否是一种内省的结果？他并未在诗歌中划出一条清晰的边界，然后以先锋自居，走向某个极端，他也曾试图追求口语化的语感效应，但这不是他写作上的终极目的，也就是说，他仍然很警惕自己滑向了口水的语言游戏。

在节制与探索之间，他是否明确了自己的写作方向？“很长一段时间，我一直在想，诗歌到底会把我带向哪里？也可以反过来问。它的方向是极不确定的。这种不确定性才给了我持久的动力。”（韩少君《那个没有花袍可穿的俗子》）也许不确定性才会给予探索更大的空间，他的方向已经内化到了对某种“诗歌真理”的开掘之中，它可能平行或同构于对词语、事态的综合处理能力。作为一个有现实观照性的诗人，韩少君并不排斥对现实的介入，他甚至热衷于从那些细微的现实物事中切入对存在本身的考量。一块锈铁源于日常的观看之道，但在诗人的体验和感触中，它变成由其延伸开去的一段寓言，既是想象的，也无限地接近身体性甚至戏剧化，“现在，一块锈铁 / 出现在山下，我晨练的道旁 / 在距离悬铃木2米的地方，一块 / 锈铁，接受了几颗清凉的露水 // 一块锈铁，使 / 我的血液正逐日减少 // 一块锈铁，曾坐过某位女子的肥臀 / 三年的北风，吹呀，吹不散她的热量。而 // 此刻，只有一只布谷鸟 / 站在锈铁上 / 它沙哑的声音，有这个春天 / 真正的金属，也含有 / 郊外平原的，那份寥廓”（《一块锈铁》）。在画面、声音与记忆的交替呈现中，立体而具动感的日常经验被转化成了微妙的感伤，各种场景的拼贴赋予了诗歌某种超现实主义意味。韩少君看似在疏离经验的现实性，以营造更富历史感的氛围，但他又非刻意而为，拉开距离后的审视，相反能保持更为清醒的感受力。“在我的一部分诗作里，体现了这种隔膜的‘锈铁’情结。”（木朵、韩少君《我本是一滴浊水，何需那般清澈——韩少君访谈录（节选）》）它是由时间累积出的价值，既厚重，又带着隐秘的危机感，它是否会被语言内部的困顿所消解掉，终至成为不及物的虚空？诗人在题材上强调包容，可在语言上一直有着内在的抵抗性，从祛魅化到更具描述性的表达机制，其实折射出了他对于语言的理性建构意识。

然而，这与他所强调的不确定性是否构成了一种悖论？在激活潜在创造力的同时，他所面临的挑战性首先还是基于对语言的处理。“在直接如刃的语言体系中常常又要将自我陌生化，让那些熟悉的相反变得新奇而具他义。陌生与热切同时冲撞着诗人。”（韩少君《了如先生辞条》）这样的理解也可以解释此一悖论形成的原因，诗意的陌生化是否取决于语言的变形，还在于诗人如何再造“词与物”的系统关联性。比如在《修复》一诗中，我们感受到的更多是电影蒙太奇式的瞬间变幻场景，它们的拼接构成了内部奇幻的效应，有着童话似的语调和速度，又不失整体逻辑上的连贯性。“一个破坏者，对于女人，同时 / 也是一个真正的建设者。”字里行间透出的辩证法，才是“修复”的本义所在，它通向了轻盈，但是以沉重的改变作为参照，也就是说，修复貌似还原，但它内在于变化，如同诗人所言的“起于浮华，超乎事态”。（《韩少君诗歌及诗观》）韩少君如此认知自己的诗歌，实际上他的写作命题里暗含着更富理想主义精神的期待，他至少打破了一些固定的程式，在变化中寻求诗性创造的可能。

在具体性上怎样处理日常经验，韩少君给我印象最深的一首诗莫过于《看妻子铲雪》，它一定程度上摆脱了陌生化诗意的内在制约，进入了更为明晰的摄影般的审美语境，语言和场景对接，由“观看之道”设置成了另一条开阔的路径，“它们变得直接了，可以说就是呈现”。（《那个没有花袍可穿的俗子》）呈现此时也要求诗人讲究一种写作的伦理，“直接性”当从何处切入？“读谷川俊太郎，第76页，接近/云南于坚评论时，我停顿了下来”，诗人写作时沉浸到了对现场的回忆中，由书本与诗歌开始，这一内部的写实引出了日常经验的观察视角，“我听到，铁锹摩擦碎石或水泥/地坪的声音。抬头看见/妻子在铲雪，撅着屁股/火焰色屁股，一左一右铲雪/作为她长期的窥伺者，我足足看了12分钟/生火，洗涤，她从没有如此认真过/就好像急于从这场大雪里，要回//一条道路。12分钟后，她直起身子/望了望远处，动力厂飘进空中的煤烟”，妻子铲雪的动作在诗人的直接呈现中近乎一帧照片，这张照片的扩展范围也是有限度的，它并没有延伸到感慨性的抒情上，而是仍然保持了相对的平静，且以描述性的语言继续他对这一现场的整体统摄。“这时，我们的孩子，善于写/错别字的实验小学低年级学生，走进雪地/妻子从脖子上取下米黄羊绒围巾/交给女儿，然后，弯下腰/撅起火焰色屁股，又开始铲雪。”对于一味追求意义的诗人来说，这样的写作在方法论上可能被认为过于简单，流水账般的叙述除了印证“直接言说”的勇气之外，其价值到底何在？这首诗对于韩少君的价值，也许就在于破除“美学意义”的神话，给诗歌松绑，让其清晰可辨。这正好应和了他所说的那句话——“我从事的是一项在场的叙述性工作”。（《了如先生辞条》）看似简单的叙述，实则是有难度的，这让诗人从“意义的神坛”上走下来，回到对日常经验最基本的准确且平实的描摹中。

这种回归朴素的尝试，似乎与以往的写作构成了某种断裂，事实上，韩少君的转型以2002年作为分水岭，相比于之前，他是要恢复或检验自己处理日常经验的能力，这带来的另外一重效应即避免语言的失重感，因为过度的轻逸也可能会让诗歌显得飘浮而处于无根状态，“这几年，如果说我放弃了高蹈、形而上，不如说我在日常之路上走得有些远了，一不小心，竟然成了与上帝同桌饮酒的那个没有花袍可穿的俗子”。（《那个没有花袍可穿的俗子》）日常中有可以随时捕捉的灵光，因此，走向日常之路是一种美学自觉，而觉醒源于对以前宏大和空洞的盲目审美的自我否定。那种一味写下去的冲动，到后来成了下意识的习惯，而失去了反思更细微和复杂人生的激情。当一个诗人敞开胃口去接纳时，所有的经验在笔下都可能汇聚为对比性的张力，它不必被刻意赋予象征意义，更多时候，这些对各种经验的杂糅融合只是诗人不断突破自我的见证。因为对摇滚的喜爱，韩少君不仅写了《滚石之夜》这种与摇滚乐相关的诗作，而且还直接诉诸文字创造："北方诸县，叫她老虎，/ 捉一只，投进蚊帐，也捉一只蚊子，/ 黑暗中，她们砍砍杀杀。/ 这只花虎，进酒吧，学文化，扮新娘，剪尾巴，/ 三年不到，丝绸不要，磨破了胡人的兽毛之榻。/ 三年过去了，这个风骚婆娘，日渐宽大，/ 剁开她的香瓜，/ 吃下她的沙葱，/ 从此，我和她一个买马，一个杀马。"（《老虎》）换一种语言方式和世界 / 历史进行交流，或许会有新奇的发现，诗人通过直接的音乐节奏掌控一个爱情侠义童话故事的展开，我们从中领悟到的是一种快意人生的隐喻性内涵。

在经历了 2002 年的那次转型后，韩少君所遭遇的困境还是在于对自我改变的不满足，他的历史写作里可能塞满了意义的负重之物，而醒悟源于对自由诗意的向往和对"新感觉力"（苏珊·桑塔格语）的彻底解放。我意识到他在咏蛇时渴望灵魂被安放的诉求之真，"我们彼此缠绕，/ 我瓮一样向上敞开的形体，/ 夜里凉了下来。/ 我做梦也没有想到，/ 天上地下，万物风流，有那么多自由的星宿可以利用"。（《农历九月二十五日，咏蛇》）正因为世间万物的丰富，它会吸引我们冒险去探索自由的天地，放下包袱意味着蜕变的超越感，而他针对更具体的日常生活的书写，是与他对语言的改造同步的，包括他后来重新确立的日常诗学，也是着眼于将日常风景化，以体现他处理语言和经验之关系的敏锐性。他曾经说自己"比较注意诗歌的现实效应和它的日常细节"，这是其诗歌的精神底色，也是他持续性写作的保证。但依赖这一点并不能让诗歌获得完全的自足性，他也时常转换方式，"必要的虚拟可以使诗歌飞翔起来，从而使一首诗打开更大的空间"，（《我本是一滴浊水，何需那般清澈——韩少君访谈录（节选）》）不管是之前的写作，还是裂变之后的诗歌意识，韩少君都没有屏蔽对虚构的青睐，这对于他来说更像是一种永恒法则，他由此建立起了自我审美意识中更多元的接受维度。比如近几年，他钟情于从书本和电影中获取素材，诗的灵感围绕着那些文字或画面中的人生困境自然地延伸到了观念的可能性上，诗人以他的独特方式进行正面回应。在《第三种力量》《〈落雨〉补记》《左手》等诗作中，故事被回放的记忆所重构，而语言作为中介则成了价值评判的尺度，当然，这一评判并不针对诗歌本身，而是他是否保持了既定的美学立场。

自从跨越了意义的障碍，韩少君更注重语言的表现力，短句子，节奏感，随着诗人视觉的"移步换景"，场面迅速变化，他也在自觉地调整感受的力度，有时轻到无法知觉隐秘之力的存在，有时又被变幻的内驱力所裹挟，此时，诗人必须走出来，多角度地领受丰富的面画感带来的整体质地。通过阅读和观看获得的间接经验在诗人笔下得以用另一种方式呈现，那就是对话性的拓展，韩少君在此获得了“随便写”的自由——无论什么都可以进入其诗歌，他为自己确立的先锋性，即必须保持开放的姿态，适应更多元更复杂的互动性与可能性。即便诗人不再强调诗歌的社会意义和批判功能，但其所完成的文字表达里已经有更生动的力量在生长，那是诗歌的现实指向，也是诗歌的生命之源。

不管诗人将触角伸向如何虚幻的想象领地，最终他还是要回到现实，也许现实经验就是他所言的一首诗的“内在支持”（《我本是一滴浊水，何需那般清澈——韩少君访谈录（节选）》），它不完全是虚构出来的，而是人生经历的一部分，有时会自觉地填补为诗的精神内核。在韩少君的近期诗作中，我们可能会发现一些微妙的变化，这一方面体现在形式上对平衡性的回归，另一方面也表现为召唤一种对话之意：“还搞到了一个炉子 / 这不是吃肉的时候 // 倒一杯酒给我，这样 / 干活会轻松许多 // 让人纷乱的声音，除了蚊子，妈妈的 / 木蒸屉。写作，变成一次次引诱 // 三天冬瓜汤，两个人睡眠，中午 / 拐弯处，电器工人的眼波很直接”，中午只是一个时间概念，诗人却将它空间化了，“我喜欢在诗歌中打破时空概念，但必须给人们留下路标”。（《我本是一滴浊水，何需那般清澈——韩少君访谈录（节选）》）他启动了独白的话语机制，像是在和一位熟悉的朋友天南海北地闲聊，这里面灌注了生活的苦闷和一些意外的小欣喜。诗人顺着这样一条线索感知到了中午经历的尴尬和孤独，“我服了几个四川兄弟，他们都会呀 / 会制造另外一种空，笨重得不行 // 让我的语言没有吐出 / 先在口腔肿了起来 // 怎么从裤兜里摸出了小狗的零食？ / 滑出去的塑料袋，一阵阵，惊惧”。（《中午》）两行一节的体式，看似分散了主题性，将中午分解为多个延宕的时刻，而实际上，他又在空间呈现上呼应了自我内在心理的变化。这种变化是随着时空转换不断发生的，最后还可能导向一种“空”的境界，诗人就是为了记录下这些瞬间的生活发现。作为一个记录者，他的行动力和对语言的追求有着内在的一致性，我们在阅读文本的过程中也能够共享这一总体性的美学资源。

如果说小说家是以叙事的方式记录世界，那么，诗人则以更凝练的语言记录着某种情绪和瞬间场景，它们短暂易逝，但又是不可忽视的人生旨趣。韩少君在《进京赴宴的稻草人》一诗中记录了写作一首诗的漫长与纠结，其原因在于更久远的记忆里有着“季节性的衰败”，他随手绘下这样的景观，可能就是基于对时间流逝的内在警觉，以及对存在主义的思索。“这个世界，事物之间的关系正在发生各种变化，诗人其实就是这些细微关系的记录员，他存在的价值就是在物质发展，所谓的文明正不断掳掠心灵的今天，为我们保留住与客观存在建立的最柔软、最敏感的关系，诗歌是我们与世界的擦痕。”（《那个没有花袍可穿的俗子》）而在《火焰》《战报》等几首与疫情有关的诗中，他同样将其作为背景，影射了更宏大的人类性主题。正是在那些支离破碎的体验和感受中，诗人所倡导的

"直接呈现"里仍然不乏言外之意和弦外之音，它们是更具体的审美中所留下的片断和这个世界残存的不完美。

在跨世纪的写作历程中，韩少君虽然经历过几次对诗歌的认知蜕变，但并不是完全依循文学进化论观念，有时他甚至会回到发生学的意义上重新寻找自己的精神谱系，那可能就是楚国这一地域文化所透出的人之坚韧性，他一直在竭力实践，但又时刻在等待着突围的机会。他曾经写过一首诗，《一条四川乌鱼》，可以看作是诗人自我阐释和分析的精神折射，当然，也对应着他给自己的定位："我扮演着一条乌鱼的角色，常常埋伏在淤泥里，它不善游动，不浮出水面，但实结，动作有力。"（《那个没有花袍可穿的俗子》）这一定程度上能解释他何以在 2002 年之后的转型中期望重新诞生一个创造的主体，其使命也隐喻着内在的艰难。他后来逐渐将亲历的日常经验置换为间接获得的文化经验，因为诗人意识到需要深度沉潜下去，否则，对生活的消耗很可能滑向虚无主义的境地，而且其惯性会磨灭自身创造的意志。韩少君的写作一直恪守着一种质疑精神，"维新"在创造的层面上并非"唯新"，它在诗歌上往往体现为"革命"，无论是激进的还是温和的，诗人的思想视域都必须是开阔的，否则，几场博弈下来就可能会陷入疲软的应付之中，所悟所写均乏善可陈，无法在独立创造的意义上重新接续启蒙的诗学脉络。

回到本文开头提到的命题，我之所以称韩少君是一个探索型的诗人，不是在于他标榜先锋的立场，而是他的反叛针对的是自己潜在的保守性，只有打破妥协的界限，他才会有更大的自信来认知当下诗歌书写的现实，"一个敢于不断否定的诗人，总是与这个世界构成最紧张的关系"。（《了如先生辞条》）这个紧张的关系，又何尝不是诗人所说的"不确定"？它们之间所构成的对峙，如同里尔克在《安魂曲》中所写的，"生活和伟大的作品之间 / 总是存在某种古老的敌意"，也许这一敌意正是诗歌书写的内在动力源。

Li Li

李黎

李黎，1980年生于南京郊区，2001年毕业于南京师范大学文学院，现供职于出版社，副编审。1998年开始发表诗歌与小说作品，曾获红岩文学奖、扬子江诗刊年度青年诗人奖等。著有中短篇小说集《拆迁人》《梁山群星闪耀时》。

姚明

姚明登场，打了十五分钟
得到九分，六个篮板
比赛结束前开始下雨
雨天路滑，我继续
成为这个房间里
破败的一部分
请假的小鹅躺在床上
说他要走了
套上西装
梳梳头发
消失在
雨中

公交车

一个在等公交车的人
他在等一辆确定的公交车
他一定能等到一辆公交车
那是一辆让他放心的公交
现在，他还在等那辆公交车
公交车终于来了
公交车不是他要等的
他目送公交车过去
和车里的人进行最短暂的对视
他继续等他的公交车
请放心，一个等公交车的人
一定能等到他的车
你看，已经来了，威猛的车头
代表着威猛的生活
他回避着类似的乘客和灰尘
最后一个走上等待许久的公交车
公交车在开辟道路

因为装满了人它盛气凌人
很快他下车，站在路边
如你所见，他又成了一个等公交车的人
他的身边没有人，最近的人离他一米左右
一米之外，是他若有若无的爱人
父母亲朋，他的同事和同学
他的网友，莫名其妙的朋友
等等，等等，无数的人都在看着他等公交车
他们的眼光若有若无

昨天

在昨天认识你
并且更加认识你
也是在昨天，真的认识你
又在昨天想起你
并且想你

今天，一样想起你，在唱片店里
我清楚，想，最多如同音乐，来去无形
它的载体在廉价的日常里，塑料中
我更清楚，因为想你
今天顿时成为昨天——轻微的响动
汉字难以捕捉的一个音
像冬天的风吹出可笑的表情
动作不激烈，融化在阳光下

雨水之上

一场大雨
让几十个踢球的人
不得不在下班后回家
饱含期待的一天

变得寻常，失望
在另外的日子
他们在球赛结束后
陆续离开球场
像平常一样回家
站在雨水的高度看
时间是平行而重叠的
踢球，或者没有踢球的人
都会在夜色里回家
如果高度更高
所有这些人
在一刹那的奔跑之后
就再也没有回来

眼神

我站在门口
女儿茫然地看我一眼
迅速低下头，继续计算
试卷被她撕扯过很多次
残破得像一座校园
我放下行李
把四天的换洗衣服
塞进洗衣机
我倒了更多的洗衣液
它能洗刷掉女儿的眼神
那种她已经年过四十
而我难得登门的眼神
那种因为过于熟悉
并且没有任何希望
任凭日常的麻木
成为主宰的那种眼神

在咳嗽中

女儿突然咳嗽一阵
声音传到客厅
和四周的噪音混在一起
听上去像是一个老人
在孤单的午夜醒过来
为了确定她还是一个小女孩
我借助手机屏幕微弱的光线
检查她的脸
没有问题，她还在童年
枕头周围的毛绒玩具
用各自的色彩和形态装扮着她
但是也不一定
我已经感觉到
在我转身离开，走出她的视线后
她会不可避免地
变成一位老奶奶

兄弟

朱贵推开窗户
朝对面的芦苇荡里
放了一支响箭
那里有另外的兄弟
把箭头上的信送上山
把箭放回箭筒
朱贵盯着那里
想象兄弟们做完这些后
他把目光投向远处
远处的水变成了天
在风中晃动的水面
把一朵朵浪花抛起
又抹平，另外的浪花

重复着同样的起落
手上放箭的力道还在
朱贵搭上另一支箭
他要一箭射向水的挣扎

2017年5月27日

四道菜放在桌子上
构成了晚餐
三个人围坐着
构成家庭
窗外的日光有老迈的气味
落在每一次夹菜的手上
在咀嚼之中
天黑了下来
灯光是途经此处的星星
在我们起身离开时闪烁
在我们走得更远时
归于黑暗的最深处

远去

他在黑暗中穿上衬衣
感觉反了，就脱下来重穿
可还是反了，刚才是对的
不得不再穿一次
周围更黑暗了
因为时间一直在往前而去
他站在凌晨四点的窗前
体会每一处灯光的远去
一九五三年走远了
一九七九年走远了
甚至一九九九年也走远了

它们时快时慢
一个纷纷扰扰的队伍
在永远离开
他深知，此刻身上的毛衣
羽绒背心加绒棉裤
保暖靴，都是暂时的

已经到了五月

五月的窗口
吹来了五月的风
在此之前
是四月的窗口
和当时的风
再往前，是三月
二月和一月
五月之后，天热起来
盛大的毕业离别让我们
因为中年而忧伤
年年如此

但今年不同
今年是 2020 年
2020 年不是其他
是开始和结束
也是全部

没有人，就没有雨

我看着楼下
十分钟过去了
没看到人
也没有病毒

我其实想看
有没有下雨
雨是人的一部分
用奔跑和雨伞来标记
没有人
再大的降水
都不能称之为雨
因此，大雨瓢泼的大年初一
没有下雨

老人们

他们是那个年代过来的人
会把什么都存起来，留到以后
那些羽绒被、蚕丝被、毛巾
高级拖把、棉拖鞋、皮衣
那些橄榄油、干海鲜、杂粮
整套的茶具
当然还有每一分钱
全部被妥善保存
他们恨不得把死亡也存起来
但死亡的保质期只有几天
几天后一切都腐烂变形
他们离开了他们保存的一切
在画出一个圆圈之后
又回到了那个年代

真的有一个宇宙吗

宇宙直径 920 亿光年
这句话让人难受
不是因为太大
而是这么大的宇宙

你又能去哪里呢
你只能说
宇宙直径 920 亿光年
说 50000 亿光年也行

每天开始的时候

每一天都是从身体开始
在漆黑之中，侧身坐起
把双腿搬运到身体的前方
再放置到床的一侧
沉重因为黑暗而无处不在
沉重下沉，寻找着地面
在寻找的过程中，年龄
死死压住了新的一天
成为腿的一部分
床下的两只拖鞋，一只指向理想
一只指向现实
但往往两只都指向现实
现实就是新的一天已经开始
周围漆黑一片
身体必须在光亮之前醒来
在时间肮脏刺鼻的飞絮中站起来

所有的钟表

卷纸和钟表有类似之处
都是通过旋转来证明流逝
卷纸有用完的时刻
而指针永不停歇，因此
卷纸更是像一生
所有的钟表
都是对这一生的惊叹

讽刺，或者冷漠

午后是什么时刻

一个人在走，脚步沉重
另一个人走过来，踩到
前一个人的影子
用力，迅猛，而且频繁
他们打了起来
第一个人不能容忍被踩到影子
第二个人不能忍受
影子不能被踩
他们最后倒在了一起
影子由长变短
由两个变成一个

这是一个阳光明媚的冬日午后
太阳够亮，看着地上
在另外的地方下起了大雪
有人低声哼着歌，那种悲鸣
像是送给太阳的

只会爬的人谈论瘫痪的辛酸

酒局上几个人在玩一个游戏
说说自己写过最恶心的文字
于是，幼稚的功利的抄袭的
甚至阴险的污蔑的话逐一冒了出来
都有话要说，都要早说早解脱
但事情反了——我们最恶心的文字
就是最好的最广为人知的
它对我们如此重要，又因为残缺和伪善
因为迎合和禁止而完全无关紧要

我们匍匐在地，觉得眼前山峰林立
最恶心的文字就是所能写下最好的文字

深夜远行

总在中年的深夜
写几行中年的诗
它们好，或者不好
像一首诗，或者是一首诗
也可能什么都不是
一个溺水的人在挥手挣扎
那些挣扎的痕迹
在半空中，什么都不是
深夜每天都有
它们分割了时间
让一天一分为二，并继续如此
例如，在一个亢奋的会议现场
也分为在场和不在场
不在场的自己
看着端坐的本人
一半是振奋，一半是悲戚

梅雨

这场雨已经下了很多天
逐渐不分场合，衣物如同枝叶
所有的墙都成了天空
这场雨每年都会出现
因此它一直下了很多年
自从有了江南，就有了这场雨
它让视线模糊，让脚步仓促
这场雨是原始的文身
也是身体的局限

它随人类四处迁移
没有人，就不会有任何一场雨
但这些天，大雨打算独自远行
朝不停不休的目标而去
它要做地球的主人

死亡是一台超级计算机

死亡是一台超级计算机
我们刚刚过去的二十四小时
刚过去的一周一个月
还有每一年，都是计算的结果
我们今后的每一秒也是
我们会被清理，腾出空间给新的数据
因为清理，所以有免于清理
和清理的残余，但清理在继续
并且在加速。死亡这台计算机
在宇宙间孤独地运算
电流，强光，轰鸣，闪烁，写入和删除
死亡让宇宙有了生机并且生生不息
我把烟头扔在地上，女儿问我能不能踩
我说可以，她一脚踩上去
一阵烟花在黄昏的路边出现又消失
放学时下起了倾盆大雨
女儿说，我要换一边，这边肩膀淋湿了
这一边没有，太难受了
外公最拿手的菜，是荸荠炒猪心
南京的特色，从他做大厨的父亲那里学来
我看着手机屏幕上女儿学车的视频
女儿同时在练习，眼角的余光看到她
就要和屏幕上的自己撞到一起了
我们会被删除，有人努力复制
有人要做依附于时间又扰乱时间的病毒
死亡是一台超级计算机

它从不联网，每天发出嗡嗡声
嘀嗒嘀嗒是它的举止，是它的本质
在数据的咆哮中，一些人失去一切
一些地方少了一些人，一些碎片剥落
运算的结果就是这些，结果已用于运算
它精确地算出了我们看向世界的每一眼
算出了每一次呼吸，算出了一瞥之下
混乱不堪的生活按照某种意志继续
明天会有日出，这是死亡制造的星球
并且用语言让它们之间，让它们和我们
有了天然的联系，让我们消失于词语
死亡真正删除的是词，是易感染的程序
这台计算机甚至从不重启

茱萸

执爽之诗与哀矜之诗——谈谈李黎和其诗的两种类型

南京的作家圈子里，韩东、朱文、鲁羊和刘立杆等人都兼有诗人与小说家的双重身份。南京土著李黎受这个城市的文学氛围及一干师友的影响，又因自身天赋的鼓动与持续作用，亦不可避免地登上了这条能“左右开弓”的“贼船”。当然，我是在褒义的层面使用这个隐喻的——相比于安土重迁的农耕文化，富有侵略性的“贼船”代表着另一种类型的传统，它活跃的浩渺水域，是一个比村落或城镇等陆上聚落更大的世界。李黎乐得遨游其间，犹如于他笔下重生的水泊梁山的那些个好汉，乐得遨游于《水浒群星闪耀时》里由他创造的那个开阔奇异的世界。在这部短篇小说集的《序》里，李黎说，“一旦打开或淡化了空间，故事就层出不穷”，在这里，我则要借用这句话来形容作为诗人的李黎本人：一旦打开或淡化了文体和语言的边界，写作的丰富性就层出不穷。

不难在李黎的众多诗作中窥见他的小说家素质是如何默默地起着作用的。但这种小说家角色或才能，对其诗的写作的影响，并不是“入侵”或“替代”，反而是“补充”和“丰富”。以上说法若要勉强成立，当然须倚赖一个潜在语境的存在，即，我们通常理所当然地将抒情与叙事、诗与小说视为两种不同的艺术手段或文体类型。但无数优秀的作家向我们展示过，在他们身上，这种两分法是失效的。同理，我们很难真正在李黎的作品中严格区分什么是属于诗的、什么是属于小说的那些不同部分——它们浑然一体地出现在他的绝大多数作品中，这些或诗或小说的作品，来自某种特殊的“精神原浆”，只是在出厂的时候，出于一些具体的需要，而被临时灌进了不同形状的或贴着不同商标的酒瓶里。

问题是，相比于小说，被灌装进“诗”这个“酒瓶”里的“原浆”们，提供了哪些更具独特性的口感与醉意呢？前者制造阅读快感的机制，又与后者的有着怎样的不同？这是一个很宏大的命题，一时很难回答清楚；或者，干脆可能就是一个伪问题，没有回答的必要。但李黎在不少诗篇里制造了一种高潮迭起的阅读期待，继而是一浪接一浪涌来的语言迷醉，而这种迷醉体验，仅仅依赖寥寥几行举重若轻的“调配”，就足以完成。相比于诗，小说兴许会有更多的顾虑。

如此一来，问题的关键兴许正在于，诗的“寥寥几行”的空间限制，诗行与诗行间的递进、绞合与互动，以及因此形成的张力，为高浓度的“迷醉”体验提供了可能。或者说，正是因为空间局促、浓度空前和因张力而形成的压强，为诗在语言层面的“爆破”提供了条件。在这方面，《公交车》《雨水之上》《夕阳注定西下》《已经到了五月》《午后是什么时刻》等诗作体现得尤为明显。于这些诗中，李黎或自觉或无意识地安排了大量富有层次的语言褶皱——此处“褶皱”是一个借用自吉尔·德勒兹（Gilles Deleuze）的概念，即 pli。它们或集中于诗的开头，或分布于中间，或安置于结尾。这种语言褶皱，如 Adrian Parr 编的《德勒兹词典》里解释的那样，使得“数量有限的元素产生出数量无限的组合”。

在《公交车》里，语言褶皱最集中地体现于诗的开头。褶皱首先以递进肯定式的方式来呈现，即：从“他在等一辆确定的公交车”，到“他一定能等到一辆公交车”，再到“那是一辆让他放心的公交车”，与其说是在陈述一件事（一个人在等公交车），不如说更接近于一个能指的游戏。算上诗的第 1 行，“一个在等公交车的人”，第1行到第4行，句子的推进宛如“接龙”游戏，又近乎前文所称的“一浪接一浪”（不过此处首先是形式层面而非效果层面的）。这种“一浪接一浪”制造了一种奇异的阅读期待。“确定的公交车”“一定能等到”“让他放心的公交车”，它们虽以日常语言的面貌出现，但本质上是能指的滑动，以从不同层面强调和反复强调的方式，制造出了一种看似可以无限迭加和复杂化下去的语言结构。围绕着这辆“确定”的公交车，能指一直在向目标（公交车真正的现实运行状况）指涉，但始终未真正触及目标本身。

那么，在阅读期待被挑起后，读者要想，公交车最后来了吗？那个等公交的人怎样了？到诗的第6行，“公交车终于来了”，看起来，诗中等公交的人和诗外关注进展的人的期待，都得到了落实。前5行对确定性的反复肯定，强化了这种落实的真实性。但接下来，李黎使用了一个否定句：“公交车不是他要等的”（第7行），预期中的“落实”其实是“落空”，连续的对确定性的肯定迎来了一个否定。这个语言褶皱场完成了它的首个闭合环（或许近于莫比乌斯环）结构。

经过迅速过渡和简单交代，诗推进到了第10~12行：他继续等，并且这个等公交车的人，一定能等到他要的公交车。这三行是陈述肯定式。和第一个莫比乌斯环相比，这次以陈述肯定方式提升起来的期待迅速得到了落实。“你看，已经来了，威猛的车头 / 代表着威猛的生活”（第13~14行）。但诗里这位等公交车的主角，并没有迫不及待地率先登上这辆公交车，而是“最后一个走上等待许久的公交车”（第16行），而当我们期待着“他”登车以后发生的故事时，作者又迅速地抽空了读者的期待：“很快他下车，站在路边”（第19行）。于是，从第10行开始到此行，诗的中段部分就历经了陈述—肯定—期待落实（肯定）—期待落空（否定）—期待再落空（否定）的过程，最终回到了诗的起点：“他又成了一个等公交车的人”（第20行）。这是陈述式肯定。作者完成了一个新的闭合环。

类似于这样肯定—否定互相迭加、轮替和循环的结构，在《雨水之上》里体现得比较简单，基本属于黑格尔（G. W. F. Hegel）辩证法的正—反—合模式。《已经到了五月》则是连缀—循环—否定—肯定结构：五月而四月而三月而二月而一月，又回到五月；继而是“但今年不同”，这是否定；最后“（今年）是开始和结束 / 也是全部”，则又是肯定。这可谓是正—反—合模式的一种变体。

《夕阳注定西下》的肯定—否定结构不如《公交车》那般体现为较为舒缓的褶皱，而体现为一种频次更高、更致密的语言褶皱——“我”坐下来抽烟后，第7行“像第一次看到夕阳”若视为肯定，“又像最后一次看到夕阳”（第8行）则是对前一行的不充分否定（强化肯定了“像……看夕阳”这个事实，但否定了“第一次”）；第9～10行“这不是第一次”和“也不是最后一次”则是对第7～8行的不充分否定和充分否定，同时又是对相对应诗行的充分肯定，因为“像第一次”和“不是第一次”，“像最后一次”和“不是最后一次”之间（“像”无疑是一个犹疑的肯定），亦可视为语义的某种媾和，而非真正的互相否定。

在《深夜远行》中，出现了“它们好，或者不好 / 像一首诗，或者是一首诗 / 也可能什么都不是”这样的表述，只论这个部分而言，亦可归于此一类型。经过简单分析后显出的这个循环结构提醒我，李黎此类型的诗，相比迷醉体验、语言褶皱这样的提法，如今看来，用雅克·拉康（Jacques Lacan）的一个概念来比附或许更为有效：执爽（jouissance，亦有译作绝爽、欢爽、爽乐等）。在非递进的时间结构与语言结构（同时暗含了欲望结构）中，在一种循环轮回中，因为能指不断指涉、反复触及又离开的永恒运动，以及肯定—否定的交迭，一种真正的“执爽”才能被获得。李黎上述的诗，有意或无意间，化身为这种执爽之诗。

在世俗的意义上，死亡是对具体生命的打断；在某些宗教的语境中，死亡又是一个新的循环的开始。语言层面的执爽依赖于能指的运动循环，而生命的执爽则——在拉康那里——只能通过“欲望的倒转之梯”（inverted ladder of desire）方能获得。以我的理解，梯子的一端是生，另一端则是死亡。李黎有很多诗直接触及和处理了“死亡”这个主题——它其实是人生的常态，再热爱与拥抱日常生活的人，也不可能无视它其实遍布于我们周围的事实。但相比于执爽之诗于语言层面的种种经营或误打误撞，他涉及死亡题材的诗写得更加随性，或者——换句话说，更加富有不加修饰的本然面目。它包括《2017 年 6 月 4 日》《远去》《老人们》《原本》《离开一切的人》《死亡是一台超级计算机》等诗篇。

据说，今年新晋的诺贝尔文学奖得主、诗人 Louise Glück，当初就凭这样两句诗征服了她的汉语译者柳向阳：“我要告诉你件事情：每天 / 人都在死亡。而这只是个开头。”这种“每天 / 人都在死亡”的状态，不只是说我们不断目睹着每天有人死去，还包括，它意味着我们自己也正处于朝向死亡的过程中。李黎《离开一切的人》里的“去世多年的表哥”，就类似于死亡提醒、一个“开头”。“他的死亡与他无关 / 是我们身处其中的一个过程”，如此可见，李黎对待死亡的态度其实不是对他者之死的旁观与对自己尚存的庆幸，而是一种“哀矜”。

在《论语·子张》的记载里，曾子对掌管刑罚的阳肤说：“如得其情，则哀矜而勿喜。”其本意是指民心离散、上位无德的情况下，告诫审案之人问明案情后，应该悲哀怜悯犯案的普通人，而非以破了案而沾沾自喜。于诗人而言，对死亡的哀矜，则不完全是对他者之死的悲哀、怜悯，更不是为自己肉身尚存而感到庆幸。这种哀矜既指向他人亦指向自身，因为于死亡而言，“死者长已矣”，却“是我们身处其中的一个过程”。而《2017 年 6 月 4 日》整首诗，其实是对这行诗的很好的阐释和拓展。

李黎这首诗写了自己居住过的一个老小区，在八年里他间接地见证了其间诸多老人的离世（“常常有人离开 / 家具被搬下楼”“人们用歌声和眼泪 / 送别远行的人”）。但是，诗人对这件事固然伤怀，情绪却隐忍克制，因为他深知人从出生到死亡，走完整个人生，是不可避免的过程，“向死”是人的本质归宿——如同陶潜《拟挽歌辞》里说的，“有生必有死”；而在世的一切“都是暂时的”——如同《远去》里说的那样。在这个意义上，《2017 年 6 月 4 日》的结尾才说，“人从不属于那里 / 离别是徒有其表的事情”，因为于世界而言，我们都只是暂居。

或许，相比于前述几首诗，《老人们》这首诗在哀矜之诗的类型里更独特一些。李黎在这首诗里仿佛窥见了时间运行的秘密——在《哭泣》里，则试图以“老奶奶”的视角做一个操纵时间的游戏——，以至于和执爽之诗里弥漫的循环与交迭产生了奇妙的呼应：“死亡的保质期只有几天 / 几天后一切都腐烂变形”，但“他们离开了他们保存的一切 / 在画出一个圆圈之后 / 又回到了那个年代”。

这种哀矜感亦体现于《原本》中。生命是一股洪流，奔腾向前，它并不在意一些个体预定的或突然的消失。但作为个体生命，诗人的悲伤是具体的，是对“原本”的留恋不舍——告别、送葬和怀念，都是这种不舍的体现。但此后又当如何呢？“其他的人不得不继续往前走”，这种“继续”里当然依旧饱含着存者对死者和死亡事件的哀矜，同时又流露出整体意义上的生命的刚健和不息。这种态度更集中的体现，是在《死亡是一台超级计算机》里——生命的绽放与凋零，以及绽放与凋零的反复交替（犹如永恒轮回），“让宇宙有了生机并且生生不息”。

以上是从日常表达的层面来理解。《死亡是一台超级计算机》更深层次（或者说更有新意）的立意，集中于最后五行。一具具肉身消逝当然是死亡，但这种死亡其实不能被真正理解（只是一种暂时的“经验”），只有它在符号（李黎诗里使用“语言”和“词语”这样的表述）的层面，让具体的死亡填充到“死亡”这个词的能指当中，对“死亡”的本质意义上的理解才得以可能。

其实上述提及的诗里，还有一些更值得挖掘和讨论的地方。譬如《哭泣》的第 11 到第 15 行，关于“时光倒流”的设想和细节，其实在 Louise Glück 的《幻想》中有奇妙的不谋而合（前文引的她的那两行句子，正是出自这首诗。李黎此前应该没有读到过）。《幻想》最后一节，给亲人送葬的现场，诗中的“她”想让时光倒流，回到过去，“哪怕只是一点点儿”，但“并不要远到刚刚结婚，初吻”。又譬如，《公交车》最末六行，相比此前的两个语言叙事的闭合环，已呈现为一个发散性结构，使得整首诗由最初的叙述聚焦变为无限延伸。这首诗的题材与最终成型的形态，让我联想到了王小龙作于 1981 年的那首名作，《出租汽车总在绝望时开来》。李黎笔下的“他”没有“绝望”，却和昔日的王小龙笔下的“我”共享了“那个时刻”——“一个注定的时刻”。类似的例子还有，挂一漏万。虽然这部分内容已经溢出了本文预定的范围，但作为未来再行讨论李黎诗的一个新线索，如今提出来，或许并不算煞风景。

杨碧薇专栏

YANG BIWEI's Column

292 朝向一种大文化观的批评努力

朝向一种大文化观的批评努力

杨碧薇

一

百年前，当新文化运动的先行者们用真诚稚嫩的笔触写下最早的新诗诗篇时，或许能预示到却想象不出：百年后的今天，新诗已变成一座何等瑰丽绚烂的花园。与此同时，新诗越来越成为一门专业的学问，其难度不断攀升。有多少人在新诗的门外终生打转，始终未能推开那扇半掩的大门。

所谓新诗的难度，既包括写作之难，也包括阐释之难。其中，阐释是新诗首先要面对的问题。当新诗的写作走向多元化时，便不再具备统一的评判标准。同一首诗歌，被一些人视为佳作，在另一些人眼里，却与垃圾无异。对新诗而言，标准的涣散是其发展中的必然路径，任何一种绝对的标准都是可疑又可笑的。但是，在各种写作中，仍然存在某些秘密的共性，这些共性正是文学的“常量”，也是诗之为诗的核心所在。阐释与批评，正是为了挖掘埋藏在诗歌土壤深处的“常量”，辨析其DNA，从而对诗歌进行更深入、全面的把握，并获得无利害的审美愉悦。而新诗不仅是一门专业知识，还是一种独特的审美体验体，其复杂性、幽深性、陌生性，都对阐释提出了更高的要求、更多的“挑衅”。

当下新诗的阐释之难，主要体现在三个方面：（一）大众对新诗的理解之难。新诗自产生以来，始终面对着合法性的纠缠。“新诗是一种‘不合法’的文体”“这也叫诗吗”“中国诗歌死了”，都是经常出现在公共话语领域中的论断。这些论断其实根本经不起推敲，却能以无比强劲乃至“正确”的姿态把持大众话语权。对新诗的误解，也延伸为对诗人的脸谱化误读，“诗人都穷困潦倒”“诗人都是神经病”，诸如此类的声音此起彼伏。种种论断与误读，都反映出大众对新诗的不理解。在正常情况下，诗歌的大众化是一个伪命题，新诗的精英身份使得它与大众之间永远存在着一条难以跨越的鸿沟。不过，换一个角度看，通过好的阐释，这条鸿沟是可以在一定程度上缩小的。大众如何理解新诗，新诗如何向大众介绍自己，都是新诗阐释面临的问题。（二）专业读者（如学者、批评家）对新诗的阐释之难。专业读者是新诗的“媒人”，在诗人与大众之间起着重要的桥接作用，其阐释既可对诗人发力，又可对大众发力。如果说，一首诗的具体文本已足以使一些人摸不着头脑，那么，整体意义上的新诗，就更是对专业读者提出了硬性要求。所谓“整体意义上的新诗”，囊括了文本、情感、思想、意义、美学等各个层面；在阐释过程中，需要有修辞学、语言学、文学史、政治、历史、哲学、社会学等方方面面的储备。“整体意义上的新诗”是变动中的，不断生成的，它还与诗歌生态、文学权力、社会生活等相互勾连、彼此调适。诸如此类，都给新诗的阐释带来了更多困难。（三）诗人对新诗的阐释之难。诗人是新诗的直接缔造者，诗人如何理解诗、阐释诗，关系到其诗歌写作的面貌，进而影响到整个新诗的面貌。事实上，诗人的诗，正是其诗学理念的终端呈现和肉身化表达。当今时代，诗人是否具有诗学理念、诗学理念清晰到何种地步，在很大程度上决定了其诗歌写作能够走多远。但遗憾的是，迄今为止，相当多的诗人仅仅依靠直觉和情绪写作，要么迷信天才论，要么缺乏诗学训练和更深层次的诗歌领悟，其结果就是写作缺乏后劲，冒出一阵后，就再也写不下去了。而在优秀诗人那里，阐释也是维持、推进写作的良方，新的阐释往往会带来新的创作突围。因此，对严肃的诗人来说，阐释是贯穿其写作始终的功课；越是往上写、往深写、往好写，越是需要阐释的拓进。（四）新诗自身的阐释之难。这或可称为“诗的自辩”。新诗发展到今天，其自由体式、抒情性等常识性的特点，基本不需要再加辨析。但仍有诸多争论不休的特点，如叙事、口语等。作为一种发展变化中的文体，新诗有巨大的活力、空间和弹性。文体自身的规律与变数，为新诗阐释带来了更多困难。

与新诗创作的现状相比，以阐释为基础的新诗批评更加“高冷”也更显尴尬。先说“高冷”，这是由新诗批评本身的门槛决定的。如果说创作（尤其是诗人的入门之作）可以不依赖于知识，那么，新诗批评不仅要求批评家具备必要的知识，还要求批评家具有良好的综合素质，这其中包括材料的收集与整合，包括对作品闪光点的抓取、对诗意的捕捉，包括论点的把握、论证的逻辑、言说的辞令。有这些还不够，新诗批评还要经过时间的检验，在大浪淘沙中，方能留下极个别的“侥幸的批评家”（胡亮语）。再说尴尬。在当下，新诗批评与创作的咬合度仍然不够紧密。大多数时候，创作在干创作的事，批评则在自说自话，二者并未达成善意的相互理解。一些诗人只有在想推销自己时，才会找批评家帮忙，其余时候，就自动屏蔽批评家的言说；一些批评家缺乏创作实践，对诗人的作品抱有“智力的偏见”和“知识的高傲”，在用理论“套”作品的时候难免隔靴搔痒，不切要害。实际上，好的批评和创作是相互促进的，这种情况在既是诗人又是批评家的跨文体写作者身上尤为明显，艾略特（T.S.Eliot）、奥登（W.H.Auden）、米沃什（C.Milosz）、帕斯（Octavio Paz）都是典型的例子。

二

我与新诗批评的第一次“触电”，是上小学时，在家中书房翻到一本《艾青谈诗》（花城出版社，1983 年版）。严格地说，这本小册子算不上是真正意义上的批评，艾青只是用散点观察的方式记录了自己对新诗的一些阅读感悟。但对于当时只有八九岁的我来说，这本书有另一重意义，它告诉我：新诗是个严肃活儿，是可以被认真谈论的。整个中小学阶段，我都在断断续续写诗；上大学后，因为兴趣太广，我有至少三年的时间中止了诗歌的阅读和写作，直到大学快毕业时，才重新拾起了诗歌。也许是时间到了，重拾诗歌后，我很快对它产生了一股狂热劲儿。趁着这兴头，在研一刚入学时，我将新诗确定为自己的研究方向。我最早系统阅读的一位诗人是穆旦。对我来说，穆旦是一个绝佳的入口，他诗里那种热烘烘的混乱感、毛茸茸的紧张感、让人眼耳口鼻大脑皆陡然清凉的新鲜感，直到今天仍不过时；而那种看似全然的“非中国性”，其实正有着局部的裂缝，透过这些光中的裂缝，我窥视到另一面的“中国性”，它甚至比“非中国性”更为复杂精微，狡黠地逗漏出现代中国与西方、与传统中国的秘密掣牵。穆旦的独特在于，他成于“先锋”也败于“先锋”，因而在新诗史上，一个“未完成的穆旦”才这般令人喟叹。

读研期间，在练习诗歌批评的同时，我开始尝试跨文化批评，最早写的是摇滚乐评。初衷很简单：第一，我一直喜欢摇滚，大学时也曾玩过乐队。读研后，迫于学术压力，只好放弃再组乐队的想法。但我仍可以通过文字的形式来保存、延续这一爱好。第二，我想在不同的学科内操练学到的理论，让这些理论不只是死板地停留在书本上，而是能被我玩转于手掌中，与我的各个兴趣点有效结合。用这种方式，我能够真正掌握、巩固理论，并反复激活自己的兴趣，从中掘出新的生长点。抱着这样的想法，我写下了一些乐评，并在《天涯》等杂志发表，这给了我很大的鼓舞，让我在学术研究之余将这一爱好坚持了下来。

最初写乐评时，我就兴奋地发现，理论是一种很好的工具，只要你愿意，完全可以把它当成万金油，去涂抹、改妆任何研究对象。我想起中学时在摇滚杂志上读到的那些乐评，它们之所以使我着迷，不只因为美妙的文笔，还在于流贯其中的神秘莫测的理论。当我也明白了这些理论后，就大有一种“原来如此”之感。在完成第一篇乐评时，我幼稚地以为，从此以后，自己也可以源源不断地产出精彩的乐评了。然而，随着学习的深入，我日渐明白：对于上乘的批评来说，文笔无非是基本功，理论也只是基础，更重要的是独特的洞见、深邃的思想、广博而又细致的观察，以及一针见血的揭示、独立的立场、不可复制（也无法被人工智能取代）的学术想象力。批评这条路可真是艰难又有趣，我要开拓的东西还有很多。

庆幸的是，正当我遇到瓶颈时，也进入了博士学习阶段。在这一时期，导师敬文东先生的治学路数给了我很大的启发。从他的《艺术与垃圾》等书里，我学到了一种综合性的批评思维。我开始想：除了文学之外，广义上的当代艺术，如摇滚、民谣、摄影、电影等都是我素来所热爱的，如果把它们给我的滋养白白地丢掉，那就太浪费了。我应该想办法把它们与我所学的专业相整合，在归纳、总结这些复合性的经验的同时，获得乃至发明一种新的综合视野。于是，我继续尝试将诗歌研究 / 批评与其他艺术门类相结合，杂糅出一种带有个人印记的文艺批评，并通过书写，不断强化其风格。

这种尝试令我激动。我注意到，在新诗批评领域，还很少有人进行这样的实验；

而在当代艺术领域，能把当代艺术与新诗放在一起进行学理观照、展开综合论述的，似乎也没有。既然缺少人来做，那我就先在这个学科交叉点上找到自己的位置，重新来恢复学科之间的联系。我的尝试得到了敬文东先生的鼓励，他从我的一些乐评里看出了我的批评潜质。接着，《南方周末》为我提供了一个写专栏的机会。写专栏也极大地锻炼了我的批评写作，由于专栏字数的限制，我必须要就所谈论的点持续深挖、细挖，并将它们与社会、文化等各个视角合在一起进行观察，得出自己的结论和看法。

我就这么蛮里蛮气地摸索着，逐渐意识到：在当下，我想做的是一种以诗歌为原点，辐射当代艺术的大文化批评，虽然这对我来说无异于登天，但有兴趣支撑，总比被迫去做要好。在博士毕业之际，我选择到北京大学做艺术学博士后，就是想跳出本专业的制约（我本硕博学的都是文学），构建一套属于自己的大文化观。正好我的合作导师陈旭光先生也是诗学研究出身，后来转向了电影研究。他在《中国艺术批评通史·现代卷》《当代中国影视文化研究》等著作中提出了“艺术整体观”的观念。他认为今天的艺术已走向了整体，其中包括艺术门类和学科的整体化、艺术批评和艺术研究的整体化、艺术史和艺术批评史的整体化。而文学研究的方法亦与艺术研究相通。同样的学科出身背景和学科转型方向，使我从陈旭光先生那里学到了更多灵活的批评研究方法。同时，虽然跨到了艺术学，但新诗仍是我的专业之本。对我而言，诗是世界上最崇高的事物，也是我唯一的现实。我的每一步路，都是以诗歌为准绳；产生这种大文化批评的冲动，也何尝不是围绕着诗歌来展开的呢？

在当下，学科的细化已是必然趋势，这带来新的问题。查建英的《八十年代访谈录》、崔健与周国平的《自由风格》等书，以及吴文光的《流浪北京》等纪录片都向我呈示：二十世纪八十年代，新诗与当代艺术处在一个共同的语境中，面对的是同样的现实和问题。然而，不知从何时起，学科之间的断裂愈发明显，堡垒日益区隔。无论是文学、摇滚还是电影等，都陷入了“自己的园地”，失去了对话的激情与可能。即使是在文学内部，诗与小说的分割也令人惊异：很多小说家读不懂诗歌；只会写诗却写不了一篇通顺文章的诗人也不在少数。这种奇观亦延伸到人本身——单子化的个人日渐丧失与他者的交往能力，甚至失去自我对话的能力；人被抛掷到孤独的境地，成为庞大的现代性异化工程中的零余者。因此，我渴望再次看到不同学科的交互，这既是文学之幸，艺术之幸，也是人类之幸。

2019 年，我开始为《汉诗》撰写专栏，它们分别是：《现代性之易与难》《镜头下的诗学》《华语电影中的两种诗人形象》《未来、当代艺术及新诗之可能》。这四篇文章从摇滚、摄影、电影、当代艺术的角度透视新诗，通过对不同艺术门类的比较，我重启对新诗特质的思考，并试着指出新诗中存在的问题。当然，对于这些艺术门类，我也提出了自己的理解。《汉诗》给了我一个宝贵的平台，在这里，我不再受学院式论文的拘囿，而是转用更自由、灵活的笔法来书写心灵，表达自己。对我而言，这些文章只是开始，更有趣的论述还在后面。

2019-12-21 初稿于 MU5723 次航班上

2020-4-20 定稿于云南昭通

图书在版编目（CIP）数据

汉诗·降福孔皆 / 张执浩主编. -- 武汉 : 长江文艺出版社，2020.12

ISBN 978-7-5702-1928-5

Ⅰ.①汉… Ⅱ.①张… Ⅲ.①诗集－中国－当代
Ⅳ.①I226

中国版本图书馆CIP数据核字(2020)第219708号

责任编辑：王成晨　　责任校对：毛　娟
封面设计：祁泽娟　　责任印制：邱　莉　王光兴

出版：长江出版传媒　长江文艺出版社
地址：武汉市雄楚大街268号　　邮编：430070
发行：长江文艺出版社
http://www.cjlap.com
印刷：武汉新鸿业印务有限公司

开本：720毫米×1020毫米　1/16　印张：18.875
版次：2020年12月第1版　2020年12月第1次印刷
行数：7965行

定价：36.00元